BOAS MENINAS SE AFOGAM EM SILÊNCIO

ANDRESSA TABACZINSKI

BOAS MENINAS SE AFOGAM EM SILÊNCIO

Rocco

Copyright © 2024 by Andressa Tabaczinski

Direitos desta edição reservados à
EDITORA ROCCO LTDA.
Rua Evaristo da Veiga, 65 – 11º andar
Passeio Corporate – Torre 1
20031-040 – Rio de Janeiro – RJ
Tel.: (21) 3525-2000 – Fax: (21) 3525-2001
rocco@rocco.com.br | www.rocco.com.br

Printed in Brazil/Impresso no Brasil

Preparação de originais
CAROL VAZ

CIP-BRASIL. CATALOGAÇÃO NA PUBLICAÇÃO
SINDICATO NACIONAL DOS EDITORES DE LIVROS, RJ

T114b

    Tabaczinski, Andressa
      Boas meninas se afogam em silêncio / Andressa Tabaczinski. - 1. ed. - Rio de Janeiro : Rocco, 2024.

      ISBN 978-65-5532-421-1
      ISBN 978-65-5595-246-9 (recurso eletrônico)

      1. Ficção brasileira. 2. Mistério. I. Título.

24-88303   CDD: 869.3
                           CDU: 82-31(81)

Gabriela Faray Ferreira Lopes - Bibliotecária - CRB-7/6643

O texto deste livro obedece às normas do Acordo
Ortográfico da Língua Portuguesa.

Para Flávia

"Ao mesmo tempo que ia provando os sentimentos de seu coração, revelava a moça, não menos, a plena harmonia de seus instintos com a sociedade em que entrara. A educação, que nos últimos tempos recebera, fez muito, mas não fez tudo. A natureza incumbira-se de completar a obra — melhor diremos, começá-la. Ninguém adivinharia nas maneiras finamente elegantes daquela moça a origem mediana que ela tivera; a borboleta fazia esquecer a crisálida."

— *A mão e a luva*, Machado de Assis

Prólogo

As árvores caídas, a umidade intensa e o lamaçal eram tudo o que restava daquela que tinha sido a maior tempestade do ano. A adolescente apertou o passo na tentativa de chegar em casa o mais rápido possível, com medo de que pudesse voltar a chover.

— Rápido — disse para apressar o irmão que vinha despreocupado logo atrás.

Os dois caminhavam desviando dos galhos acumulados por cima da lama. O céu acinzentado aos poucos escurecia com o cair da noite, sem apontar nenhuma estrela.

—Vamos cortar caminho pelas araucárias, mana — disse o menino, adiantando-se em direção à mata fechada.

Era necessário usar a lanterna do celular para prosseguirem. O menino, mais ágil e habituado a andar por ali, foi se distanciando da irmã até sair de seu campo de visão.

Cautelosa, ela andava devagar, apontando a luz para o chão e tomando cuidado para não pisar em falso e correr o risco de voltar para casa coberta de lama da cabeça aos pés, quando foi atingida em cheio por uma sequência de gritos do irmão. Um calafrio intenso percorreu sua espinha e abriu um vazio em seu estômago. Correu em direção ao som, naquele momento sem se preocupar em se sujar ou estragar o cabelo.

— Meu Deus, o que está acontecendo? — berrou assim que o encontrou caído no chão, olhando fixamente para a frente.

Com o olhar cravado no que tinha causado a ele tamanho choque, o menino ergueu a mão trêmula e apontou para uma imponente araucária.

A menina, receosa, caminhou devagar na direção indicada, iluminando o caminho com a lanterna do celular. Nunca tinha estado tão apavorada em sua vida, até o momento em que a viu. Seu primeiro instinto, assim como o do irmão, foi o de gritar, sentindo suas pernas fraquejarem enquanto encarava, com os olhos arregalados em uma expressão de horror, uma moça de bruços no chão, coberta por terra até a metade do dorso.

Capítulo 1

Após estacionar o Gol 1994 segunda geração na vaga para funcionários, Júlio Bragatti desligou o motor e tomou tempo para se olhar no espelho, arrumando o penteado militar e a gola da camisa polo bem passada, com as mangas começando a apertar na altura do bíceps. Tirou do porta-luvas uma caixa com pastilhas mentoladas e colocou duas na boca, mastigando-as enquanto exibia o próprio sorriso para o retrovisor. Estava confiante e queria deixar transparecer. Apesar das tentativas de amadurecer sua imagem, Júlio ainda aparentava seus vinte e sete anos. Recém-formado em Direito pela Universidade Federal do Paraná, trabalhava em tempo integral como policial civil na delegacia de homicídios de Curitiba. Saiu do carro carregando os primeiros relatórios da investigação que tinha se iniciado na noite anterior, com a notícia de que o corpo de uma jovem havia sido encontrado por dois adolescentes na área rural do município.

Júlio passara a manhã no Instituto Médico Legal, aguardando os resultados iniciais da perícia. O corpo estava enterrado a uma profundidade não muito grande e havia sido descoberto após as fortes chuvas da última semana. Estava ansioso pelo que estava por vir, após os primeiros achados dos peritos. Seria um caso com grande visibilidade — sem dúvida alguma, a oportunidade de que ele precisava para impulsionar a carreira de investigador.

— Chefe! — disse Júlio, entrando no escritório da delegada. — Acho que temos em nossas mãos o que pode ser o caso do ano!

Ana Cervinski encontrava-se sentada em sua cadeira de escritório levemente inclinada para trás, contemplando sua estante de livros como se estivesse meditando. Muitos de seus subordinados não concordavam com seu jeito austero de comandar, e era por esse motivo que ouvia-se pelos corredores da Delegacia de Homicídios o simpático apelido que lhe deram: Diaba Loira. Aos quarenta anos, a delegada já acumulava quinze de experiência dentro da Polícia Civil do estado e ainda lutava pelo reconhecimento diante da força masculina que imperava em sua delegacia. Quando recebeu a ligação a respeito do descobrimento do corpo de uma jovem, sentiu o coração acelerar e a língua formigar, causando um gosto amargo na boca. Tinha um pressentimento.

— O que foi que descobriram? — perguntou Ana, sem esboçar reação.

— Por enquanto, não muita coisa. Já tenho aqui comigo o laudo inicial da perícia, mas você sabe... Até todos os exames e análises ficarem prontos, leva tempo.

Ana permaneceu inexpressiva, aguardando que o policial continuasse.

— O corpo encontrado ontem é de uma jovem na casa dos trinta anos, caucasiana, cabelos castanhos, 1,70m de estatura. Após uma análise rápida do estágio de decomposição, considerando que o cadáver estava completamente soterrado, acredita-se que a morte tenha ocorrido há mais ou menos um mês... — Júlio tomou fôlego e experimentou uma pausa dramática antes de continuar o relatório.

Ana pegou o laudo que Júlio colocara em sua mesa. Folheou o documento sem conseguir se concentrar no que estava escrito; sentia o corpo todo estremecer, ao passo que chegava ainda mais perto de confirmar sua suspeita.

— Acho que você já deve estar ligando os pontos. Com essa descrição e o tempo de decomposição do cadáver, pode ser que a gente finalmente tenha encontrado Amélia.

Júlio falava com pressa, tentando contagiar a delegada com sua empolgação.

— E a causa da morte? — perguntou Ana, séria, enquanto olhava fixamente para o conjunto de letras do laudo.

— Esganadura. Quanto a isso não ficou nenhuma dúvida, a menos que os testes toxicológicos tragam novidades. Mas ela estava com um evidente colar de hematomas quando foi encontrada, e o médico-legista pôde determinar os sinais de asfixia, além da fratura do osso hioide e das lesões nas estruturas cartilaginosas do pescoço. — Júlio mostrava que havia feito o dever de casa. — Não havia marcas de unhas no pescoço da vítima, o que indica que o assassino provavelmente usou luvas. Outro dado curioso é que o corpo foi encontrado completamente nu, porém sem sinais de violência sexual.

— Nua e enterrada... — divagou Ana.

A delegada reclinou-se em sua poltrona, levou as mãos ao rosto e sentiu o próprio corpo gelado e impotente. Júlio não conseguia entender o que se passava pela cabeça dela. Estava séria e neutra como sempre. Vestia seu uniforme diário — blazer cinza-claro, camisa branca e calça jeans. Não usava muita maquiagem, apenas o suficiente para tentar esconder as olheiras de quem dormia muito pouco.

— Você chegou a dar uma olhada na lista de jovens desaparecidas nos últimos dois meses?

— Dei, sim. Com as características que eu acabei de citar, além de Amélia, temos mais duas outras que se encaixam.

— Teremos que entrar em contato com as famílias para reconhecimento do corpo, então.

— Sim. Já separei os contatos. Pretendo fazer isso ainda hoje pela manhã, para que à tarde possamos avançar. Mas não sei dizer por que estou com o pressentimento de que é Amélia Moura.

— Se você estiver certo, e eu espero que não esteja, teremos uma série de problemas pela frente. Principalmente com a mídia.

Ana se lembrou de que ela própria tinha mostrado a cara na conferência de imprensa, contra a sua vontade, para dizer que Amélia estava em segurança em algum outro lugar do país ou do mundo, mesmo sem ter nenhuma evidência disso. Jogou-se para trás na cadeira e suspirou.

— Meti os pés pelas mãos nesse caso.

— Você não pode se culpar por isso — disse Júlio em tom consolador. — Se a família estava convencida e não havia provas que indicassem um crime violento, o que mais você poderia ter feito? Agora a natureza trouxe esse dilúvio para nos dar uma chance de trazer justiça a essa moça e a seus familiares.

— Tudo bem... — respondeu Ana, levantando-se da cadeira. — Vamos começar a trabalhar. Me avise caso alguma das famílias reconheça o corpo. Se confirmarmos que o cadáver é realmente da filha do deputado, quero que você revise tudo o que foi registrado sobre o caso do desaparecimento dela. Vamos chamar novamente para interrogatório a família, o noivo e a amiga com quem ela dividia apartamento, todos os que tinham o mínimo de convívio, para registrarmos novos depoimentos. A partir disso, podemos esboçar novamente o rumo da investigação. Quero também que você consiga as imagens das câmeras de segurança do prédio dela, mas não só do dia do desaparecimento, essas nós já temos. Quero analisar outras filmagens. Vamos começar tudo do zero para encontrarmos os furos que deixamos passar da primeira vez. Preciso pensar na equipe de investigação que vou montar. Como o caso terá bastante impacto midiático, acredito que teremos a liberação de uma boa verba.

— Eu me lembro bem daquele noivo dela. Sujeitinho difícil de engolir. Era outro que também deveria estar desesperado para que a encontrassem, mas me passava a sensação de que não via a hora de arquivarem o caso. — Júlio encarava os papéis do relatório forense com cara de desprezo. — Não sei o que acontece com essas pessoas que têm muito dinheiro. Eu poderia jurar que tinha sido ele a dar um sumiço na Amélia. Mas não encontramos nenhuma prova que pudesse incriminá-lo em lugar algum. Ele disse que não estavam mais juntos, que tinham terminado o noivado de vez, e tinha um bom álibi.

— Nessa mesma época, ele estava assumindo a presidência da empresa do pai — disse Ana. — A família é dona de uma verdadeira fortuna, trabalham no ramo da reciclagem de resíduos orgânicos. Literalmente transformam merda em dinheiro.

Júlio riu, mas Ana era séria demais, até mesmo quando fazia uma piada. Ela arrumou seus pertences e conferiu os compromissos no celular.

— Temos que considerar que pode ter sido um assassinato de oportunidade — sugeriu Júlio. — Ela pode ter dado de cara com algum doido na rua. Sabe como é: estar no lugar errado na hora errada.

— Possível, mas muito pouco provável. Não tenho um bom pressentimento sobre esse caso. De qualquer forma, vamos aguardar o reconhecimento do corpo — disse Ana, já na porta de sua sala. Antes de sair, virou-se para Júlio e comentou:

— Gostei do novo corte de cabelo.

Júlio ficou sem graça, apesar de secretamente nutrir esperanças de que ela reparasse em sua aparência. Tentava de tudo para impressionar a delegada, que na semana anterior tinha feito um comentário sobre preferir homens mais maduros e mais sérios, sem jeito de moleque. Desde então, aos poucos, ele vinha trocando as camisetas velhas e os tênis de corrida por camisas e sapatos sociais.

⸻

Foi encontrado na tarde desta segunda-feira o corpo da jovem Amélia Moura, filha do deputado estadual do Paraná, Luís Henrique Moura. O corpo da jovem foi avistado por dois adolescentes na área rural da divisa do município de São José dos Pinhais com a capital. O corpo encontrava-se nu, coberto por terra, e só foi descoberto devido às fortes chuvas que ocorreram na última semana.

A jovem estava desaparecida desde o dia vinte de julho de 2017, há pouco mais de um mês. Entretanto, as investigações foram interrompidas por falta de evidências de que um crime houvesse de fato acontecido. A Polícia Civil do estado, em seu último pronunciamento, afirmou que as circunstâncias apontavam que a jovem Amélia Moura teria escolhido recomeçar a vida em outro local sem o conhecimento dos familiares. O arquivamento do caso contou com a aprovação de familiares e amigos de Amélia. A descoberta do corpo da jovem causou verdadeira comoção em Curitiba. A polícia ainda não revelou detalhes a respeito da reabertura das investigações, mas já surgiram diversas manifestações de revolta nas redes sociais, acusando a Polícia Civil de desleixo e irresponsabilidade.

A equipe do nosso jornal estará de plantão para cobrir esse horrível homicídio. E fiquem atentos para o jornal das oito horas! Preparamos uma matéria especial sobre o caso e a vida da jovem antes do desaparecimento.

Sofia assistia com aflição. Conhecia a jovem da foto. Era a menina que morava no prédio da frente, que ela espiava de vez em quando com o binóculo. Fazia tempo que não a via, e ali estava ela na televisão.

Levantou-se, verificou as travas de todas as janelas da casa e tratou de fechar as cortinas, mas hesitou brevemente para espiar, por uma fresta, o prédio em frente. Era um edifício quase tão antigo quanto o em que ela morava, com oito andares, doze varandas e trinta e duas janelas que permitiam acompanhar a vida de várias famílias. Amélia morava no sexto andar e movimentava-se pouco pelo apartamento. Morava com outra mulher, com quem parecia ter pouca ou nenhuma intimidade. Sofia apertou o crucifixo que trazia no peito ao se lembrar das últimas visitas que a jovem recebeu.

Pulou sobressaltada ao ouvir o barulho da chave na fechadura e seu coração palpitou quando viu a maçaneta girar.

A abertura da porta foi interrompida bruscamente pela corrente no trinco.

— Sofia, sou eu! Você fechou o trinco de novo? Esqueceu que hoje é o dia que eu venho aqui? — disse o jovem.

— Quem é? — perguntou Sofia, pensando em se esconder atrás do sofá.

— Como assim? Sou eu, Júlio! Pode ver pelo olho mágico.

—Você não disse que vinha hoje! — gritou ela, muito longe da porta.

— Sofia, eu venho toda segunda! — Ele parou de forçar a porta. — Trouxe as compras da semana. Não me deixe aqui esperando. Hoje eu tive um dia de cão.

Júlio largou as compras no chão e escorou-se na parede do corredor de entrada. Respirou fundo para controlar o desejo de sair dali o quanto antes. Toda semana visitava sua tia a pedido da mãe, para ajudá-la com as compras do mercado e com algumas tarefas domésticas. Sofia morava sozinha em um apartamento no Centro de Curitiba. Não saía de casa havia alguns anos, por medo de ser abordada por pessoas mal-intencionadas e para não dar chances ao acaso. Contava com a ajuda do sobrinho e da irmã para pagar as contas, comprar mantimentos e trazer seus remédios.

—Você precisa vir toda semana? Não sei se gosto disso.

Após minutos de silêncio ouviu-se o barulho do ferrolho deslizando. O policial entrou no apartamento, inspirou profundamente e trouxe consigo as sacolas. Colocou-as sobre o balcão da cozinha, conjunta à sala, e tratou de desempacotar as mercadorias. Sofia o encarava com um olhar desconfiado.

— Como você está, tia? — perguntou Júlio, enquanto guardava o estoque de mantimentos para a semana e se preparava para lavar a louça que estava na pia havia sete dias. — Está tomando os remédios direito?

— Eu estou bem. Não tem nada de errado com os meus remédios. É sempre essa história de remédios — falou Sofia enquanto voltava a espiar pela janela, puxando apenas um pequeno pedaço da cortina.

Júlio suspirou. Sabia que não tinha muito o que argumentar. A tia era uma pessoa difícil. Passava o dia vigilante, mas negligenciava as tarefas mais básicas do dia a dia. Apesar de ela estar sempre observando o que acontecia na vizinhança, quando ele a procurou na ocasião do desaparecimento de Amélia, viu que seu relato não seria de muita utilidade. Sua saúde mental parecia ter deteriorado mais depressa nos últimos tempos.

Sofia sentou-se no sofá e voltou a assistir à televisão — não queria continuar a conversa. Começou a ficar nervosa e a apertar as mãos até as unhas começarem a marcar suas palmas.

— Você está sabendo das atualizações no caso da Amélia? — perguntou ele.

— Claro que estou. Todo mundo ainda vai ouvir muito sobre isso. Coitada da moça. A polícia é mesmo muito incompetente.

Júlio sentiu-se incomodado e apertou com força o copo que lavava.

— A polícia faz muito com o pouco recurso que tem.
— Um bando de corruptos, isso, sim.
— Não fale do que você não sabe, tia.
— Mas disso eu sei.
— Eu trabalho na polícia. Acha que eu sou corrupto?

Sofia se calou e aumentou o volume da televisão.

— Conversamos sobre esse caso há um tempo, lembra? Você ainda tem aquela mania de ficar de olho na vida dos outros pela janela? Acha que pode ter visto alguma coisa?

— É claro que não. Tenho mais o que fazer da vida.
— Sei.

O telefone de Júlio tocou. Era a mãe. Queria notícias da irmã e saber se o filho tinha almoçado direito. Eugênia era zelosa e controladora; era provável que, se Júlio não tivesse saído de casa assim que se formou, ela ainda perguntasse se ele tinha escovado os dentes antes de dormir.

⟬⟭

Ana inclinou-se para a frente e saltou. Aos poucos a água gelada a engoliu. O frio que penetrou sua espinha amorteceu a pele quente e fez seu fôlego se esvair. No último ano, havia adquirido o hábito de iniciar o dia na piscina da academia da Polícia Civil. Nadava para pensar, para lembrar e para esquecer. Buscava na exaustão relaxamento e paz de espírito.

Tinha passado a tarde e boa parte da noite anterior colando post-its no quadro de cortiça que tinha em sua sala de estar. Usava-o para organizar melhor seus pensamentos e estava mudando de lugar os post-its com nomes de policiais, procurando montar sua equipe de investigação. Estava quase satisfeita com suas escolhas quando recebeu a mensagem de Júlio que confirmava o que ela já sabia: os pais de Amélia haviam reconhecido o corpo. Leu e releu os documentos da investigação do desaparecimento da jovem, sentindo-se ainda mais decepcionada a cada linha com o que considerava ser o pior trabalho de investigação que já havia comandado.

Saiu da água exausta, mas não o suficiente. Tirou a touca de natação, secou o rosto na toalha e contornou a piscina em direção ao vestiário. Outros policiais nadavam naquele horário, mas, quando estava imersa em pensamentos, era como se estivesse sozinha.

Tomou um banho quente enquanto repassava mentalmente os fatos ocorridos um mês atrás, quando Amélia desaparecera. Depois de dois dias sem ter notícias, a colega de apartamento dela, Mônica, tinha resolvido procurar a polícia. Em seu depoimento, dissera que a tinha visto pela última vez na manhã de quinta-feira, dia vinte de julho, antes de sair para o trabalho. Além disso, dissera ser a melhor amiga de Amélia, dando muita ênfase à intensidade do laço de amizade entre as duas, mas não tinha conhecimento de coisas básicas sobre a vida da filha do deputado. Muitas vezes, Ana conseguira notar o olhar de desdém quando a moça se referia a Amélia. Mônica era um pouco mais velha do que Amélia e trabalhava na empresa de reciclagem de Rafael, o noivo da jovem. Como Júlio havia comentado pela manhã, Rafael era um sujeito difícil de engolir. Segundo o empresário, ele havia terminado o noivado uma semana antes de Amélia desaparecer. A polícia tinha registro de uma ligação que ele fizera para o celular dela no dia do desaparecimento, mas ele relatou ter sido apenas mais uma discussão devido ao término do relacionamento. "Vai ver ela ficou tão deprimida por eu ter terminado o noivado que resolveu fugir. Amélia era muito dramática, estava sempre deprimida", dissera ele.

Ana não sabia como descrever os pais de Amélia. Luís Henrique era pastor e, atualmente, deputado estadual, representante do Partido Novo Cristão, armado dos pés à cabeça por um conservadorismo pré-histórico. Conhecer o deputado mais de perto fez com que Ana considerasse plausível a hipótese de Amélia ter escolhido fugir sem deixar rastros. A mãe, Maria

Célia, era uma dona de casa totalmente submissa ao marido. Sabia muito pouco sobre a filha e, sempre que podia, comparava-a ao filho mais novo, Gustavo, médico recém-formado e claramente o preferido da família. "Amélia nunca teve os pés no chão, sempre estudou muito, mas sempre esteve interessada em coisas fúteis", foi o que disse o pai. Depois relatou à polícia o fato de que o irmão estava nos Estados Unidos, fazendo um estágio, na época em que o assassinato ocorrera.

Gustavo ligou para Ana durante as investigações e se mostrou disposto a voltar para o Brasil até que descobrissem o paradeiro da irmã, mesmo que aquilo o fizesse perder o estágio, mas os pais o convenceram a ficar e disseram que o manteriam informado de tudo. Gustavo era um pouco mais jovem que Júlio e parecia ser o protetor de Amélia no meio de toda a confusão que era aquela família. "Meus pais nunca deram a devida atenção a Amélia, eu sempre me senti mal por isso. Eu também nunca fui a favor do casamento dela com aquele cara. Vai ver ela se cansou de tudo isso e resolveu virar a página, como disseram", disse o rapaz ao telefone.

Ana terminou o banho e encarou o espelho embaçado. Cabelo cheio de nós. Clavículas e ombros que acusavam magreza extrema. Olheiras profundas de quem não havia dormido bem durante a última noite, assim como em todas as outras. Secou os cabelos, vestiu novamente sua calça jeans, a camisa branca de botões para dentro da calça, cinto marrom de couro e sapato de salto baixo. Levou o casaco na mão, pois aparentemente o clima ia esquentar durante a tarde. Dirigiu sua Mitsubishi Pajero TR4 até a delegacia, com pressa, como sempre. Costurava o forte fluxo de carros na avenida Silva Jardim e, às vezes, cortava alguns motoristas que buzinavam, enfurecidos. Ela pouco se importava.

Nunca deveria ter permitido que o deputado usasse sua influência política para abafar o caso. Mesmo sabendo que o que aconteceu estava fora de seu controle, sentia que poderia ter insistido mais — não o fez, e naquele momento tinha um corpo enterrado no meio do nada e um punhado de peças de um quebra-cabeça que não sabia como montar.

Capítulo 2

Recolho a persiana e abro a janela para arejar o quarto. Teremos, enfim, um final de semana ensolarado. Inspiro profundamente e encho os pulmões de ar. Tento uma breve meditação na esperança de que este seja um bom dia.

Faz quase um mês desde que vim morar com Mônica. Meus pais não aceitaram bem a ideia e, por isso, também faz quase um mês que não conversamos. Ainda tenho dificuldade para aceitar a verdade imutável de que eles nunca concordarão com qualquer ideia que venha da minha cabeça.

Visto uma calça jeans, uma camiseta do Guns N' Roses e um tênis velho. Hoje Rafael está viajando a negócios e posso me arrumar da maneira que eu quiser. Saio do quarto e encontro Mônica na cozinha tomando café da manhã com os olhos inchados — prováveis consequências das duas garrafas vazias de vinho frisante que vejo na pia. Cumprimento-a com um bom-dia cauteloso, como quem molha apenas a ponta do pé para testar a temperatura de uma piscina.

— Bom dia — responde ela, fechando os olhos. Deve estar com dor de cabeça. — Por que está vestida assim?

Mônica é uma boa pessoa — pelo menos, é o que me parece. Muito intensa, talvez. Eu nunca sei se vou encontrá-la calma e alegre ou enfurecida e carrancuda. Vejo-a beber com frequência, mas, apesar de morarmos na mesma casa, não convivemos o suficiente para que eu saiba se ela tem um problema com álcool ou não. Conheci-a no jantar de Páscoa da empresa de Rafael — ela é advogada lá. Entre uma conversa e outra, comentei que precisava sair da casa dos meus pais. Ela disse que tinha um quarto livre no apartamento onde morava e sugeriu que eu me mudasse e que dividíssemos as contas. Aceitei na hora e me mantive entusiasmada mesmo depois de ser alertada por Rafael sobre Mônica não ser uma pessoa fácil. Durante esse primeiro mês, a convivência tem sido pacífica, e não posso reclamar de nada. Apesar das variações de humor, Mônica tem a vida dela e eu, a minha.

— Hoje é sábado, dia de ficar à vontade.

— O Rafael não vem pra cá hoje?

— Ele viajou para uma convenção em São Paulo. Ele não falou nada lá na empresa?

—Ah, é verdade. Ele comentou comigo mesmo, uma feira de novas tecnologias de sustentabilidade — diz ela, com o olhar fixo no nada, para logo depois me encarar com entusiasmo. — Então, quais são os planos para hoje? Dia das meninas? Abriu um barzinho novo, incrível, na avenida do Batel. Minhas amigas disseram que lá sempre tem homem bonito. Você já está praticamente casada, mas tem que ajudar as amigas solteiras — completa, entusiasmada.

— Hoje não, Mônica. Quero aproveitar o dia pra ficar sossegada. E, além do mais, eu tenho uma pilha enorme de provas para corrigir.

— Eu não acredito que você vai me abandonar de novo! Poxa, você está sempre com o Rafael. Nunca fazemos nada só nós duas... — Ela emburra.

— Tá... Tudo bem.

— Oba! Então já vou pensando no que vou vestir! — Mônica se levanta com um sorriso no rosto e vai para a sala assistir à televisão.

Mônica faz muito drama para conseguir o que quer. Por enquanto, eu consigo conviver com isso, mas a última coisa que preciso, neste momento, é de mais uma pessoa controlando a minha vida.

Curitiba, cidade onde nasci e fui criada, é o município mais populoso de toda a região Sul, com um dos melhores índices de desenvolvimento do país. Ao mesmo tempo que parece estar sempre à frente de seu tempo, com seu urbanismo invejável, suas ruas pavimentadas e arborizadas, também me traz algo de incômodo e sufocante, um ar provinciano, enraizado por meus conterrâneos mais bairristas. O que mais me agrada aqui são as feiras livres, sendo a minha preferida a Feira do Largo da Ordem, que acontece hoje. Saio e vou a pé, já que fica a cinco quadras do apartamento. Apesar do meu gosto pelos passeios entre as barracas de comércio ao ar livre, dificilmente consigo ir. Rafael detesta.

Em meio a tantas pessoas, consigo potencializar minha energia criativa. Aos poucos, me permito fazer as coisas de que gosto. É um dia excepcionalmente quente para março, e o local está lotado. A Feira do Largo da Ordem se inicia perto da praça Tiradentes, no centro da cidade, e se estende por uma subida bastante inclinada. O trânsito de carros da região é reorganizado todos os domingos para que o evento ganhe vida. Gosto de subir a rua olhando as barracas do lado esquerdo e, quando desço, passo pelas barracas do lado direito.

A feira é quase um organismo vivo, com centenas de metros de extensão. Curitibanos de todos os cantos da capital aparecem por aqui para comprar artesanatos, bijuterias, tapetes de patchwork, blusas de tricô, acessórios para a casa e aqueles pijamas de peça única, tipo uma roupinha de bebê gigante, que você não encontra nos shoppings. Artistas de rua tentam vender seus CDs, outros pintam retratos na hora. Crianças se assustam com o vendedor que finge bater em um gato escondido em uma sacola, quando, na verdade, ele tem um apito na boca que imita o barulho de um felino desesperado. Alguns vendem truques de mágica baratos, como um chiclete que você oferece a alguém e, quando a pessoa o toca, dispara um choque. Há também um dos meus preferidos: posicionado em um cantinho da parte central da feira, a uma mesa igual àquelas de escola, um homem tenta vender grilos feitos com arame, que me fascinam desde criança. "Olha, mamãe! Eles pulam superalto. Posso levar um?", pedi uma vez à minha mãe, quando tinha sete ou oito anos.

Lembro-me de ela olhar para o brinquedo simplório por cima dos óculos de sol que caíam pelo nariz e seguir para a próxima barraca. Quando criança, eu sentia um enorme tédio desse jeito que a minha mãe tinha de ignorar meus pedidos em vez de simplesmente falar "sim" ou "não".

No topo da ladeira, compro um saquinho de pipoca doce e me sento em um banco para observar um pouco os transeuntes. As coisas vão bem na casa nova, mas ainda não me sinto cem por cento confortável no mesmo cômodo que Mônica. Na maioria das vezes, não preciso puxar nenhum assunto. Mônica fala bastante, o suficiente para nós duas, e não parece se importar em fazer longos monólogos, desde que eu acene com a cabeça e mostre que estou acompanhando. Já sei muita coisa sobre sua vida, principalmente sobre sua vida amorosa, da qual ela tanto se lamenta. Ela também acredita que já sabe bastante sobre a minha.

Termino a pipoca e percorro todo o lado direito da feira. Só quando chego na metade é que atravesso a rua e faço a única compra do dia: o grilo de arame que pula de verdade.

∞

Almoço em um restaurante árabe próximo ao largo da Ordem. Mais uma vez, usufruo da minha liberdade. Chego a rir sozinha enquanto como e tento imaginar meus pais ali comigo, empertigados, tentando encostar no menor número de objetos possível e com medo de pedir qualquer coisa do cardápio. "Luís Henrique, não peça nada remotamente cru. Eles não devem nem lavar as mãos por aqui", provavelmente é o que a dona Maria Célia diria.

Volto para casa ainda no começo da tarde. Tomo um banho, coloco um short jeans e uma camiseta branca básica, corrijo algumas provas e depois me fecho no quarto com *Vida e proezas de Aléxis Zorbás*, de Nikos Kazantzákis. Por horas, deixo Zorbás, o grego, me encantar com toda a sua liberdade. Assim como o narrador do livro, admiro e invejo Zorbás do início ao fim.

Sou arrancada de minha paz na ilha de Creta quando Mônica bate na porta e entra sem esperar minha autorização.

— Amiga, já começou a se arrumar?

— Arrumar pra quê?

— Ai, Mel, você prometeu que a gente ia sair hoje! Até chamei algumas amigas — diz ela com um biquinho de criança contrariada.

— Desculpa, perdi a noção do tempo. Já vou me arrumar.
— Sorrio com pouca vontade.

É necessário algum esforço para que eu levante da cama e comece a me arrumar. Arrasto várias camisas e blusas nos cabides do armário e sinto que nada se adequa a meu estado de espírito. Disponho algumas peças na cama. Calças, vestidos, saias. Não sei por qual motivo, mas uma sensação de estranheza me pesa. Decido que o melhor é me arrumar sem grandes pretensões, e essa decisão me satisfaz. Prendo o cabelo em um rabo de cavalo alto, visto uma calça jeans skinny escura, uma blusa de seda, calço um scarpin e passo uma maquiagem básica só para disfarçar os sinais de cansaço.

Pegamos um táxi até o bar. Ao entrarmos, Mônica avista suas amigas e me puxa na direção delas. Acena histericamente para o grupo de cinco mulheres sentadas próximas ao balcão onde o barman serve drinks que, literalmente, pegam fogo.

— Meninas, essa é a Amélia, de quem eu falei para vocês. Ela é filha do deputado Luís Henrique — apresenta Mônica.

Tenho vontade de rir quando percebo que pelo menos duas das mulheres à mesa não fazem ideia de quem é o deputado. Talvez nem lembrem em quem votaram na última eleição.

— Amélia, essas são a Jana, a Ju, a Gi, a Lu e a Fer.

Cumprimento todas com dois beijos no rosto.

—Vocês vão adorar a Amélia. Ela é noiva do meu chefe, o Rafael Salvattori — conta Mônica, o que causa uma enorme comoção entre as mulheres da mesa. Parece que meu noivo é um dos assuntos preferidos do grupo.

— Menina, desculpa falar... Mas deve ser difícil ser noiva do Rafael. Deve ter mulher no pé dele o tempo inteiro — diz a Jana, ou a Ju, não consegui gravar quem é quem.

— Nunca me incomodei. O Rafael é muito sério.

— Imagina se uma guria linda dessas vai ter que se preocupar com vagabunda dando em cima do homem dela! — fala quem eu acredito ser a Fer.

— E vocês já estão juntos há quanto tempo? — pergunta outra das meninas, igualmente interessada no meu relacionamento.

— Quatro anos.

— É bastante tempo. Eu mesma nunca tive um relacionamento tão longo — diz Jana ou Ju. — Já tem data para o casamento?

— Ainda não. Acabei de sair da casa dos meus pais. E ainda estou me encontrando na minha profissão — respondo, olhando para o balcão. Estico a mão para chamar um garçom; preciso começar a beber logo.

— E você faz o quê? — Jana, ou Ju, continua o interrogatório.

— Me formei em Letras pela Federal. Agora sou professora de literatura em dois colégios aqui de Curitiba.

— Escola pública? — pergunta Jana, com a careta de alguém que acabou de mastigar um daqueles chicletes azedos com uma bomba atômica estampada na embalagem.

— Tá louca, Jana? A Amélia dá aula em dois dos melhores colégios de Curitiba. Os dois com forte tradição religiosa — responde Mônica.

Em algum momento, uma delas diz que no meu lugar não perderia tempo, que eu deveria me casar logo com Rafael e viver uma vida confortável. O assunto morre assim que o ex--ficante de alguma delas entra no bar. Está acompanhado de uma das meninas mais bonitas que eu já vi em toda a minha vida. Mesmo assim, as garotas à mesa conseguem, por quase uma hora, encontrar uma série de defeitos nela.

Uma noite interminável. Entre drinques e pausas para tirar selfies, basicamente conversamos sobre homens. Os intermináveis porquês do fulano ou do ciclano não ligar no dia seguinte, as teorias de revista sobre como se portar para não perder um cara legal, dietas novas, a nova modalidade de pilates que duas delas começaram a praticar. Nunca achei que pudesse ficar tão cansada com uma conversa. Eu me considero uma pessoa acostumada com as futilidades alheias, mas hoje está difícil de aguentar.

Quando chego em casa, vou direto tomar outro banho. Enquanto ensaboo o rosto para tirar a maquiagem, me lembro da época da faculdade. Todas as pessoas que eu conheci. Todos os romances que li. Todos os projetos que eu achei que hoje estariam concretizados. Que saudade.

Capítulo 3

Ao chegar à delegacia, Ana foi direto para a sua sala. Júlio entrou logo em seguida e, enquanto a chefe tirava papéis da bolsa e organizava as canetas na escrivaninha, ele observou a estante de livros que ocupava toda a parede lateral do escritório.

— Você tem bastante coisa interessante aqui — disse Júlio com um largo sorriso.

— Conseguiu entrar em contato com os suspeitos hoje pela manhã? — devolveu Ana, sem querer jogar conversa fora.

— Já vamos tratar todos como suspeitos, então?

— Com certeza, inclusive os pais dela. Vamos ter que conhecê-los melhor. Encontrar alguma pista que norteie o início dessa investigação. Hoje começamos pelas pessoas mais próximas. Depois podemos ir nas escolas conversar com os colegas de trabalho e também no prédio em que ela morava para conversar com os vizinhos.

— Consegui falar pelo telefone com os pais, o noivo e a amiga que dividia o apartamento com ela. Inclusive, ela foi a primeira a chegar e já está na sala de interrogatório. Os pais disseram que estão a caminho, e o mauricinho disse que virá no final da tarde, mas só depois que eu o ameacei, dizendo que podia vir por vontade própria ou gentilmente transportado por uma de nossas viaturas.

Mônica Azambuja encarava a câmera instalada na parte superior da parede à sua frente, posicionada para registrar tudo o que seria conversado naquela sala. Sentada com as pernas inquietas, coçava a nuca com muita frequência. Era uma jovem de trinta anos e pouca beleza. Usava um terno preto risca-de-giz por cima de uma camisa de botão rosa-choque bastante chamativa. Os primeiros botões da camisa estavam abertos, de forma que o colo ficava em evidência e era possível ver um pedaço do sutiã vermelho que usava.

— Bom dia. Sou Ana Cervinski — cumprimentou a delegada ao entrar na sala, sem perder tempo com cordialidades. — Acredito que a senhorita já deva saber por que foi chamada aqui hoje.

— Sim, claro. Ontem encontraram o corpo da Amélia, né? — Ela hesitou por um instante, e os olhos se encheram de lágrimas. Virou-se apressada para buscar um pacote com lenços de papel em sua bolsa pendurada na cadeira e começou a chorar, fazendo questão de expressar os soluços compulsivos. — Meu Deus do Céu! É a notícia mais horrível que eu já ouvi em toda a minha vida. Eu estava certa de que ela estava por aí em algum lugar, rindo de todos nós enquanto procurávamos por ela. Seria típico da Amélia. Mas não. Está morta! — exclamou, e então assoou a coriza que escorria pelo nariz.

— Como a senhorita pode ver, todos nós nos equivocamos terrivelmente no passado e agora precisamos ser muito criteriosos para entender o que realmente aconteceu. — Ana não demonstrava piedade em relação ao choro da interrogada. — E apenas para recapitular: havia um ano que vocês moravam juntas, após ela ter saído da casa dos pais, certo? — Mônica arregalou os olhos marejados e atentos e fez sinais bruscos de concordância com a cabeça. — Sabemos também que você é funcionária do setor administrativo da empresa do noivo de Amélia, a EcoSalvattori.

— Ex-noivo — corrigiu Mônica. — Eles já estavam separados quando ela desapareceu — emendou rapidamente, na tentativa de consertar o tom que aquela interrupção havia marcado.

Ana encarou Mônica fixamente.

— Eu preciso que a senhorita me detalhe o seu convívio com Amélia.

— Pode me chamar de você, por favor, odeio essa coisa de "senhorita". — Mônica abriu um sorriso mole. — Bem, eu e Amélia moramos juntas durante um ano, aproximadamente. Antes disso, ela morava com os pais. Dá pra imaginar? Uma mulher de vinte e nove anos que ainda morava com os pais! Tudo bem que o salário de professora que ela ganhava não dava para bancar seus luxos, mas mesmo assim não é desculpa. Não sei por que não se casou logo com Rafael. Ele era muito dedicado a ela, sabe? Eu sempre dizia que ela havia tirado a sorte grande e encontrado um verdadeiro príncipe encantado. Nós já nos conhecíamos de vista, de alguns eventos sociais da empresa. Rafael sempre exibia sua linda noiva. Ela era bem magrinha na época, parecia uma modelo. Quando foi morar comigo, estava magérrima. Eu vivia falando que ela ia sumir...

— As lágrimas de Mônica haviam parado, e ela parecia se divertir ao dividir a história com os policiais.

— E como decidiram morar juntas?

— Há dois anos, no jantar de Páscoa da empresa. Nós nos sentamos juntas, e a nossa ligação foi muito forte. Coisa de melhor amiga mesmo, sabe? Ela desabafou comigo sobre como os pais não aceitavam a carreira dela como professora de literatura. Compreensível, né? O futuro marido era rico, o pai era um político influente, o irmão era médico. Mas Amélia era sonhadora, sabe? Estava sempre com um livro na mão... — Mônica parou um pouco para observar os seus interrogadores. — Apesar de ser rebelde com esse ponto da profissão, Amélia levava muito em consideração o que os pais dela achavam e tentava agradá-los de todas as formas. Era toda metida a perfeitinha, sabe? Ela me confidenciou que precisava dar um jeito de sair da casa dos pais para viver a vida dela, então ofereci que ela dividisse o aluguel comigo... Pra mim, ia ser bom ter uma companhia e alguém para dividir as despesas.

— E como era a relação de vocês? — perguntou Ana, atenta a todos os detalhes.

— Éramos unha e carne, mesmo. — Mônica entrelaçou os dedos das mãos para mimetizar a forte ligação de amizade que tinham. — O problema é que Amélia era muito fechada e, pra mim, ela estava sofrendo de uma forte depressão. Engordou alguns quilos nos últimos meses, vivia saindo, não me dizia aonde ia. Até desconfiei de que ela estivesse usando drogas. Desativou os perfis nas redes sociais. Começou a ignorar o Rafael... Coitado. Ele fazia tudo por ela, mas ela já não gostava dele, sabe? Uma semana antes da Mel desaparecer, eles terminaram — disse Mônica, com o olhar perdido.

— Você pode me detalhar como foi o dia do desaparecimento da Amélia? — questionou a delegada.

— Bem, como já disse na primeira vez em que conversei com a polícia, quando investigavam o desaparecimento, aquela quinta-feira começou como outra qualquer. Amélia acordou mais tarde do que eu, como de costume. Meu expediente começa bastante cedo, sabe? Não sei explicar direito, mas ela estava diferente naquele dia. Nas últimas semanas, estava sempre tão deprimida, andava com os cabelos malcuidados, não fazia as unhas, bem desleixada mesmo, sabe? — Mônica coçou com força a própria nuca. — E naquela manhã ela acordou disposta. Até falou comigo, disse: "Mônica, hoje eu preciso tomar as rédeas da minha vida." Por isso achei que ela havia fugido mesmo. Não entendo por que ela reclamava tanto da própria vida, teve sempre tudo o que queria...

— E que horas você voltou pra casa naquele dia? — prosseguiu Ana, com o semblante rígido.

— À noite, por volta das oito, oito e meia.

— E ficou em casa a noite toda?

— Fiquei. Tomei banho, assisti à novela — disse Mônica, trocando olhares com Júlio. Parecia que apenas naquele momento ela notava o jovem encorpado e atraente na sala. Então continuou: — A Amélia não voltou pra casa naquele dia, mas eu não me preocupei. Afinal, ela já era adulta, podia ir aonde bem entendesse, né? Mas achei estranho quando amanheceu e ela ainda não havia chegado. — Mônica empertigou-se na cadeira, secou as lágrimas e lançou um meio sorriso para Júlio.

— E por que esperou até sábado para avisar a polícia de que ela estava desaparecida?

— Eu liguei para os pais dela na sexta-feira e eles pediram para eu não procurar a polícia ainda. Disseram que eles mesmos iam atrás dela. No sábado, não tive resposta deles, então resolvi procurar a polícia.

— Uma última pergunta: você consegue pensar em alguém que teria algum motivo para matar Amélia? Alguém na escola ou algum conhecido? Ela comentou alguma coisa com você?

— Olha, até onde eu sei, eu era a única amiga de Amélia. Ela era muito introspectiva. Mas nunca comentou nada sobre alguém não gostar dela ou sobre se sentir ameaçada.

— Está bem. Por enquanto, é só. Por favor, fique com o celular sempre disponível e não viaje para nenhum lugar durante a investigação. Como você era mais próxima dela, podemos precisar de outras informações.

— Certo. Pode me ligar a hora que precisar — disse ela, enquanto encarava Júlio, que ficou desconfortável.

Após Mônica sair pela porta, Ana e Júlio se entreolharam com cara de repulsa.

— Se isso é ser a melhor amiga da pessoa, imagina ser inimiga? — disse Júlio, cruzando os braços.

— Ela se aproveitou da oportunidade de morar com Amélia para se aproximar de uma pessoa conhecida, rica e, acima de tudo, noiva do chefe dela. O "príncipe encantado". — Ana colocou o dedo na boca, gesticulando como se fosse vomitar. — Não podemos excluí-la da lista de suspeitos, mas não acredito que seria capaz de matar alguém sem deixar nenhuma pista. Não parece ter as faculdades mentais necessárias. De qualquer forma, temos que voltar ao apartamento e revirar aquele lugar de cabeça para baixo.

Ana cobriu a boca com a mão para disfarçar um bocejo. Estava cansada pela noite maldormida.

— Não sei você, mas eu estou precisando muito de um café — comentou Júlio, que abriu a porta da sala de interrogatório e deu passagem, primeiro, para a chefe.

Na copa da delegacia, os dois discutiram o passo a passo que deveriam seguir para a investigação. Ana admirava Júlio por ser tão jovem e muito mais dedicado do que qualquer policial com quem ela já havia trabalhado.

— Temos que ir atrás das imagens das câmeras de segurança do edifício em que elas moravam, para ver se de fato a melhor amiga ficou em casa vendo novela. Você conseguiu ligar para a administradora do condomínio? — perguntou Ana.

— Liguei, mas não consegui nenhuma informação relevante. É uma empresa que administra uma dezena de outros condomínios. A moça com quem falei pelo telefone disse que o prédio é bastante velho e com poucas unidades, os moradores são aposentados ou velhos pães-duros, nas palavras dela, que optaram por sempre manter as despesas o mais baixas possível. Então, as câmeras que existem no prédio não foram contratadas por nenhuma empresa de segurança. Foram instaladas por conta própria e as imagens são armazenadas apenas no computador presente na guarita do zelador. Nem todas as câmeras gravam. Aquela coisa de confiar que só a presença do equipamento é o suficiente para inibir os criminosos. Eu vou pessoalmente ao edifício mais tarde. — Júlio fez uma pausa para tomar um longo gole de café. — Minha tia mora em frente ao prédio em que Amélia morava — disse ele, quase como em um devaneio.

— Será que ela viu algo de útil para a investigação?

— Eu perguntei, mas ela disse que não viu nada.

— Com licença, delegada. — Barreto, um dos outros policiais de longa data na delegacia, bateu na porta da copa. — Os pais já estão aí.

∞

Ao entrar novamente na sala de interrogatório, depararam-se com os pais de Amélia. Luís Henrique, como era de esperar, estava com cara de poucos amigos. Maria Célia estampava no rosto a feição de alguém que chorara ininterruptamente desde que recebera a notícia do descobrimento do corpo da filha. O deputado usava um terno azul-marinho de corte inglês com uma gravata italiana dourada. Tinha uma quantidade excessiva de gel no cabelo comprido, penteado com a intenção de esconder a calvície, que continuava evidente. A mãe vestia uma blusa verde-musgo com gola rulê e uma calça social bege. Apesar da ocasião, estava muito bem maquiada e usando dois pesados brincos em formato de gatos que tinham, no lugar dos olhos, pedras de esmeralda.

— Bom dia, senhores — disse Ana, cordialmente.

Júlio apenas acenou com um cumprimento simpático de cabeça. Maria Célia e Luís Henrique não se dignaram a responder.

— Como vocês puderam deixar isso acontecer? — vociferou o deputado.

Júlio inquietou-se e já ia retrucar quando Ana estendeu a mão para impedi-lo.

— Deputado, entendo sua ira diante da situação. Acredite, também estamos bastante consternados, mas me vejo obrigada a lembrar que o senhor utilizou seus contatos políticos para que encerrássemos as investigações. Não havia evidências de que um crime pudesse ter ocorrido, e você insistiu que Amélia tinha escolhido sumir do mapa.

— Eu sei de tudo o que aconteceu, delegada. Mas acontece que não sou investigador de polícia. Era papel de vocês continuar as buscas, caso achassem que minha filha pudesse ter sido assassinada. — O deputado se calou, como se trancasse as próximas palavras para impedir que saíssem de sua boca.

— Nós tínhamos fortes razões para acreditar que Amélia tinha fugido... — disse a mãe, com os olhos marejados. — Nossa filha não era uma pessoa feliz. Apesar de tudo o que fizemos por ela, estava sempre insatisfeita com a vida.

— Não foi uma nem duas vezes que Amélia se rebelou e falou que fugiria para nunca mais ser encontrada... — falou Luís Henrique, com uma ira contida, tentando parecer indiferente.

— Estávamos tentando proteger nossa filha e a imagem da nossa família. Nossa filha, ela... — Maria Célia se calou depois que Luís Henrique colocou a mão em seu colo e discretamente lhe apertou a perna.

Ana aguardava com o pouco de paciência que lhe restava. Maria Célia e Luís Henrique seguraram forte a mão um do outro. O pai mantinha o olhar fixo na delegada, buscando não transparecer nenhum remorso. Ana percebeu que a animosidade entre ela e os interrogados não ia diminuir. O deputado mostrava-se muito agressivo, então Ana resolveu confrontá-lo.

— Sabe o que eu acho muito estranho? Vocês considerarem meras ameaças provas suficientes de que ela havia fugido. Quase como se os senhores estivessem aliviados com o desaparecimento de Amélia...

Luís Henrique levantou-se.

— O que está insinuando, delegada? — O homem ergueu o tom de voz novamente.

—Vocês não precisavam de uma filha como ela. Ela causava problemas? Era muito rebelde? — Ana também aumentou o tom gradativamente, pronta para mandar às favas a cordialidade. — Foi essa rebeldia que lhe custou ficar um mês debaixo de um monte de terra no meio do nada?

— Acho que você esqueceu com quem está falando, delegada — disse o deputado, com a face enrubescida. —Viemos aqui na esperança de que vocês tivessem respostas sobre o assassinato de nossa filha e acabamos recebendo acusações? Somos devotos, tementes a Deus. Isso é ultrajante, e a sua incompetência me assombra.

Maria Célia chorava.

— A minha consciência está muito tranquila, obrigado. — Luís Henrique parecia espumar pela boca. — Nossa conversa acaba por aqui, delegada. Só voltaremos a falar na presença do meu advogado. Passar bem.

O deputado ergueu a esposa da cadeira com um puxão no braço, como se fosse uma boneca de pano. Saíram da sala de interrogatório a passos largos após Júlio abrir a porta para o casal.

Ana se sentou na cadeira dos interrogados, em silêncio, para ouvir os próprios pensamentos. Não sentia empatia nenhuma pelo casal Moura.

—Você acha que eles podem ter matado a própria filha? — perguntou Júlio, que não aguentava pensar em sigilo e ainda estava impressionado com a reação da chefe. — Eu sei que aquele cara é um cretino, mas… — Júlio não queria ser desrespeitoso com sua superior. — Não acha que pegou um pouco pesado?

— Não sei. Eu ainda acho que foi o noivo. Mas a filha deles está morta. Nada deveria ser mais insuportável do que isso. E, ainda assim, sinto que eles estão preocupados em zelar pela própria imagem — falou Ana, ainda encarando o nada. — Tenho certeza de que eles estão escondendo alguma coisa da polícia. Sinto que temos esse quebra-cabeça enorme para montar e não nos foram entregues todas as peças.

○─●─○

Já passava das seis da tarde quando Rafael Salvattori, o noivo, entrou na delegacia acompanhado por um engravatado de cenho franzido — o advogado.

— Se demorasse mais para aparecer, teríamos que mandar uma viatura para tirá-lo da sua reunião, sr. Salvattori. — Ana entrou na sala já claramente irritada. — Vejo que trouxe seu advogado.

Rafael estava sentado muito ereto na sala de interrogatório. Usava um terno preto de corte italiano, uma camisa branca e uma gravata vermelha — um conjunto que devia ter custado uma fortuna.

— Era uma reunião muito importante. Certamente mais importante do que qualquer coisa que eu possa dizer a vocês — disse Rafael, encarando a delegada com desdém. — Nada no meu depoimento de hoje será diferente do de um mês atrás. Eu já tinha terminado com a Amélia havia uma semana, não sei de nada.

— Delegada, meu cliente vai cooperar com as perguntas que fizer. Acredito que a senhora já tenha a maioria dos documentos que mostram que meu cliente estava ocupado com seus compromissos durante todo o dia referente ao desaparecimento da srta. Amélia. Vamos esclarecer qualquer dúvida que tenha permanecido.

— Ótimo, dessa forma não tomaremos demais o tempo uns dos outros, não é mesmo? Você poderia, por favor, nos relatar novamente o que você fez na quinta-feira, dia vinte de julho? — perguntou Ana. Sentada com os braços e as pernas cruzadas, a delegada se recostou na cadeira.

— Que diferença faz? — Rafael deu de ombros, claramente incomodado. — Eu já disse da outra vez. Visitei alguns potenciais clientes na região metropolitana, em sua maioria agricultores. Depois voltei para Curitiba, fui para a academia às sete da noite, como faço religiosamente todos os dias. Voltei para casa por volta das nove e de lá não saí mais.

— Nos meus registros consta que, por volta da mesma época do mês, a prefeitura de Curitiba estava selecionando a empresa que seria responsável pelo processo de reciclagem do lixo orgânico coletado na cidade, e a EcoSalvattori estava entre as empresas que disputavam a licitação. — Ana abriu a pasta de documentos e estendeu-a para Rafael para que ele os conferisse.

— Estava tudo certo para que ganhássemos a licitação, e, no fim, uma empresa medíocre com preço menor, mas sem a menor ideia do que fazer com resíduos orgânicos, ganhou. — Ele cruzou os braços. — Mas o que isso tem a ver com qualquer coisa? — perguntou Rafael, devolvendo os papéis sem conferi-los.

— Apenas checando fatos para melhor ambientar o que acontecia no mês passado. Agora me conte, por favor, por que você e a srta. Amélia terminaram o noivado pouco tempo antes do desaparecimento dela? — interrogou Ana.

— Quem terminou o relacionamento fui eu, porque vi que a gente não dava mais certo. Ela andava desleixada, me importunando o tempo inteiro. Não prestava mais atenção às responsabilidades de ser noiva de alguém que ocupa uma posição importante como a minha. Até que eu não aguentei mais.

— Sobre o que vocês conversaram na ligação do dia do desaparecimento de Amélia? Pelo que consta nos meus registros, foi o senhor quem telefonou.

— Depois de uma semana, liguei para ver como ela estava. Amélia se disse arrependida e implorou para voltarmos, e eu a rejeitei novamente.

— Será que estava arrependida mesmo, sr. Salvattori? — indagou Ana. — Ou foi o senhor que percebeu que aquela licitação só seria possível se você ainda tivesse a influência que tinha por ser noivo da filha do deputado Luís Henrique?

— Bobagem — respondeu Rafael.

— Ou então ela simplesmente resolveu viver a vida dela como bem entendesse. Você não suportou isso, não é? Como era possível ela ser feliz longe de um cara como você? Bonito, rico, influente... — Ana ergueu o tom de voz e encarou Rafael de forma desafiadora.

— Nesse ponto você tem razão. Sobre ela ser louca em deixar um cara como eu escapar. Mas pouco me importei. Amélia era fraca e depressiva.

—Você a matou, não é, Rafael? — instigou Ana. — Perder tanto dinheiro por causa daquela garota. Eu imagino a sua raiva...

—Você só pode estar maluca — respondeu Rafael, irritado.

O advogado sentado ao lado dele tirou um lenço de pano do bolso para enxugar o suor da testa, às vezes tocando o cotovelo do cliente para pedir calma, mas era ignorado.

—Você a chamou pra conversar pra tentar reatar o noivado e ela não quis, não é? Então você perdeu o controle, não perdeu? Você é desses que perde o controle, não é mesmo?

Rafael não respirava. Bufava. Sentia o sangue quente de ódio pela delegada.

—Você é louca? — vociferou Rafael.

Naquele momento, o advogado, até então mudo, começou a se inquietar na cadeira.

— O senhor não precisa responder a nenhuma dessas perguntas. Mantenha a calma — pediu ele.

— Sr. Salvattori, o senhor se irrita quando uma mulher não age da forma como espera? Aí você usa toda a sua força para colocá-la no lugar dela, não é? — continuou Ana, até levar Rafael ao seu limite.

— Cale a sua boca imunda, não fui eu que matei a Amélia!

Júlio, até o momento, controlava-se para não interromper o interrogatório. Fico me perguntando se ele usaria aquele tom de voz ou mandaria um delegado homem "calar a sua boca imunda".

— Ela feriu esse seu ego inflado e você queria que ela sumisse do mapa. Fico me perguntando se essas suas visitas a agricultores não lhe deram o tempo necessário para achar o lugar perfeito para desovar o cadáver da sua noiva.

Rafael bateu o punho na mesa com força.

— Chega! Você não tem como provar nada do que está falando. Está querendo me assustar porque não faz ideia do que aconteceu com Amélia — falou Rafael, fechando-se. — Curitiba é uma cidade violenta. Ela pode ter sido atacada por um maníaco na rua e vocês estão aqui perdendo tempo acusando quem não tem nada a ver com essa história.

Ana e Rafael se encararam. Ela com um olhar vitorioso e ele, com fogo nos olhos.

Após a saída do empresário, Ana recebeu a notícia de que seu superior a aguardava para uma conversa.

Ela acompanhou Barreto pela delegacia até a sala de reuniões. Sentia que, naquele momento, tinha um ponto de partida. Estava confiante de que tinha achado o motivo para o assassinato, só precisava encontrar as provas. Entrando na sala, deparou-se com o delegado-chefe, Jurandir Freitas, e o promotor de justiça, Alexandre Soares, sentados a uma mesa oval. Ficou animada em vê-los e quis aproveitar a presença dos dois para dividir as suspeitas que tinha levantado após os interrogatórios. Dirigiu-se a eles com empolgação, já prestes a falar, quando foi interrompida antes mesmo de começar.

— Ana, serei direto com você, porque já nos conhecemos há muitos anos e você sabe que não sou de ficar dando voltas... — disse Freitas, fazendo uma pausa para um pigarro. — Você está fora da investigação do caso Amélia Moura. Você sabe que esse caso é de extrema importância pelo fato de ela ser filha de um dos deputados do nosso estado, e a imprensa está caindo em cima da gente por ter arquivado a investigação tão cedo. Nós vimos como você se exaltou no interrogatório com o deputado, e isso só nos mostra que você não está apta para comandar essa investigação.

— Vocês estão planejando me usar de bode expiatório para se redimir com a imprensa? Que merda é essa, Freitas? — indignou-se.

— Acho que agora seria um bom momento para você tirar férias, Ana.

— Eu não quero tirar férias.

— A decisão já foi tomada. E não está aberta para discussão.

Capítulo 4

Dom Casmurro.

Quando termino de escrever o título da obra de Machado de Assis na lousa, ouço os protestos dos alunos do oitavo ano.

— Ah, professora, sério mesmo? Por que temos que estudar um livro de 1900 e guaraná com rolha? — questiona um dos meus alunos da turma do fundo, o que faz com que todos da classe soltem risinhos debochados.

Eles nutrem esperanças de que eu adote nas minhas aulas de literatura alguma obra contemporânea, um desses romances genéricos entre seres humanos e vampiros ou qualquer outra criatura mitológica. Não que eu não ache que o sistema de ensino poderia se modernizar e estudar obras atuais. Mas Machado é Machado, não adianta.

— Não tenho certeza, mas acho que é mais velho do que o guaraná com rolha, Paulo.

— Então, professora! Mais um motivo para a gente se modernizar — debocha Paulo, arrancando mais gargalhadas.

— Boa tentativa, Paulo. Mas, fora o fato de que *Dom Casmurro*, com grandes chances, será cobrado na prova do vestibular, este é um dos grandes clássicos brasileiros, escrito por um dos maiores gênios da nossa literatura. É um livro atemporal e importante para a formação cultural de vocês. Depois de lerem o livro, quero que me respondam: Capitu traiu ou não traiu Bentinho? Na minha opinião, não traiu.

Sei que o livro discute muito mais do que a possível traição de Capitu, mas esse dilema sempre deixa os alunos mais interessados no livro e ainda divide alguns teóricos.

— Pra mim, ela traiu. Sempre digo isto: onde há fumaça, há fogo — afirma um rapaz, líder do grupo das crianças populares, sentado na última fileira.

— É mesmo, Fábio? E você não acha que o ciúme pode fazer as pessoas verem coisas que na verdade não existem?

— Acho que não existe ciúme sem causa. Ela pode até não ter traído o cara, mas que deu motivos para ele se sentir daquela forma, certamente deu.

Não contra-argumento. Em vez disso, continuo:

— Fora a questão da traição, o que mais me instiga no livro, no entanto, é a cena em que Bentinho pensa em envenenar o próprio filho, cego por sua paranoia. É horrível pensar que um pai seria capaz de matar o próprio filho por ciúme.

Ninguém responde, e eu prossigo com a aula, que se torna tediosa tanto para mim quanto para os alunos.

Na hora do almoço, eu inicio meu ritual na sala dos professores, onde eu e outras duas docentes costumamos nos sentar juntas para almoçar e falar mal dos alunos. Eu trouxe o de sempre — um sanduíche integral com salada de atum, com aproximadas duzentas e quarenta e sete calorias em um equilíbrio perfeito entre proteínas, fibras e carboidratos de baixo índice glicêmico. Agradecimentos ao nutricionista da minha mãe, que investe muito do tempo de nossas consultas reforçando o fato de que somos reféns dos alimentos e me parabenizando por ter um autocontrole invejável — palavras dele.

Rafael também fica feliz com esse meu lado controlado. Lembro-me de uma vez em que estávamos jantando com um casal de amigos e um dos assuntos da mesa foi o quanto a esposa de um dos diretores da EcoSalvattori tinha engordado depois de passar por uma gestação e como, mesmo após o período da amamentação, ela não conseguira perder os quilos extras. Rafael me abraçou com um largo sorriso, lindo como só o dele, e disse que se sentia muito sortudo porque eu era a mulher mais bonita que ele poderia pedir a Deus. Uma pena que esses comentários nunca vêm quando estamos sozinhos, mas já fazem valer a pena todo o esforço que meu autocontrole exige.

Juntam-se a mim à mesa de reuniões Magda, professora de matemática, e Luciana, de geografia. As duas já entram na sala engajadas no tema "pai da Gabriela", uma aluna do quinto ano. Um pai muito atencioso que faz questão de trazer a filha pessoalmente todas as manhãs e inteirar-se de seu rendimento escolar com a professora de inglês, sozinhos no almoxarifado da escola. Assunto velho.

Magda e Luciana dão risada e alfinetam as pessoas envolvidas no relacionamento extraconjugal do pai da aluna. Assunto realmente velho. Sem perceber, me torno alheia ao som de suas vozes, fito meu sanduíche, com cheiro pouco apetitoso, absorta em uma sensação de tédio. Sinto um grande peso bem no meio do peito. Como se uma bola de bilhar feita de chumbo pendesse por detrás de meu esterno. Suspiro agudamente na tentativa de aliviar esse peso.

— E o que você acha, Amélia? Será que ela fala sacanagem em inglês na hora H?

Sorrio sem mostrar os dentes enquanto as duas gargalham. Por impulso, embrulho meu sanduíche de volta em sua embalagem e me levanto em um pulo.

— Lembrei que esqueci em casa as provas que prometi devolver hoje. E por sorte minha próxima aula é só às três. Tenho um intervalo de almoço longo hoje.

Deixo a sala apesar das contestações de minhas colegas. Eu preciso sair dali.

Resolvo almoçar sozinha no shopping que fica a três quadras de distância do colégio. Não consigo me lembrar da última vez em que almocei em uma praça de alimentação, mas estou me sentindo saturada pelas pessoas à minha volta. Motivo pelo qual saí das redes sociais há dois dias: excesso de opinião sobre a vida alheia.

Durante todo o trajeto da escola até o shopping, a bola de bilhar ainda está ali, pesada e dolorida. Isso não é de todo ruim. De certa forma, o vazio que eu costumo sentir no peito está sendo preenchido com alguma coisa. Vazio — esse sentimento anônimo e sem forma que faz a pessoa viver um dia após o outro de um jeito quase espectral. Seguindo as regras que já foram estabelecidas por outras pessoas, que talvez já saibam quem são e aonde querem chegar. Quem carrega o vazio, se precisasse viver sob as próprias regras, nem sequer saberia por onde começar.

Ao entrar no shopping, adio a ideia de almoçar. Por ora, não sinto necessidade de comer. Caminho e observo as vitrines e seus manequins. Vejo uma das lojas sendo redecorada para a inauguração da nova coleção de primavera, mesmo com Curitiba em pleno inverno. Os manequins são cinza-ferro. Figuras incrivelmente magras, de pernas finas e compridas, estão sendo vestidas por dois funcionários uniformizados a mando de uma senhora, dona de um nariz cirurgicamente reformado, ao que parece, mais de uma vez. As roupas são de péssimo gosto, pelo menos na minha opinião. E ali está, mais uma vez, a regra sendo ditada. Os manequins nada mais são do que uma representação concreta dessas regras — o manual de instruções do que ser e vestir caso você acredite que a senhora do nariz reformado saiba o que faz de você uma pessoa bem-vestida ou não.

Encontro meu caminho até a livraria. Fico fascinada pelos três andares da loja, repletos não só de livros, mas também de CDs, filmes e jogos de videogame. Ali, a montagem das vitrines também é precisamente calculada. Sim, também existem regras que ditam o que você precisa ler para ser culto ou não. Uma das estantes principais da loja, localizada bem no centro, em formato cônico, está toda tomada por um só livro, que não me surpreende ser o romance vampiresco que meus alunos pediram para estudar em aula. Ao lado, diversos outros títulos com a mesma temática, com variações do ser mitológico protagonista. Em outra estante de destaque, porém mais afastada da temática infantojuvenil, empilhados de uma forma que deve ter dado muito trabalho para montar, um livro que traz um par de algemas e um chicote na capa. Em frente à estante, três mulheres de idades distintas o folheiam. Uma dessas mulheres aparenta ter uns vinte anos, outra parece regular idade comigo, e a terceira, mais velha, lembra muito minha mãe. Pego o livro para ler a contracapa em busca da sinopse, mas encontro um pequeno trecho narrado em primeira pessoa pela protagonista, seguido por uma série de citações de veículos de mídia estrangeiros.

"Uma obra deliciosamente provocante e libertadora." — ***The Daily News***
"Você não sabia o que era sexo até ler este livro." — ***The Reader***
"Esta história vai dominar você." — ***People's Post***

—Você devia levar um desses pra casa — sugere uma vendedora simpática que se materializou do meu lado. — Precisa de ajuda?
— É bom mesmo? Parece meio forçado — digo após ler o trecho escolhido para o verso, no qual a protagonista usa pelo menos cinco adjetivos na mesma frase para descrever o homem que a enfeitiçou e outros cinco para reforçar o quanto ele é bom de cama.
— Ah, é, sim. Eu fiquei viciada. Sabe que é uma trilogia, né? Esse é o primeiro livro e já vendeu mais de trinta milhões de exemplares no mundo todo.
— É ótimo! — fala a mulher que aparenta ter a minha idade. — Também estou completamente viciada e não vejo a hora de ler os próximos da série. Este aqui eu estou levando para a minha cunhada.
— Acho que não é pra mim — digo.
Recaem sobre mim, imediatamente, olhares de estranheza. Caminho pelas seções de biografias e literatura estrangeira e tomo meu tempo na seção de romances policiais. O que teria sido das minhas horas de tédio sem Agatha Christie? Enfim, passo por último por prateleiras recheadas de autores brasileiros e pego um livro fino da Clarice Lispector, isolado em exemplar

único no meio de Jorge Amado, Nelson Rodrigues, Erico Verissimo e Lya Luft. *Uma aprendizagem ou o livro dos prazeres* é o título. Uma colega do tempo de faculdade, ainda no primeiro ano do curso, me indicou. Não sei por qual motivo me lembro disso agora e também não sei por que adiei tanto essa leitura. Antes tarde do que nunca.

Não há fila para os caixas da livraria, mas, mesmo assim, os clientes devem obrigatoriamente percorrer um longo corredor formado por fitas presas a pedestais. Emparedando o trajeto de vai e vem do corredor, vejo prateleiras de vários produtos misturados, como materiais de escritório, livros, alguns CDs e, por fim, balas e chocolates, provavelmente para que os clientes que estejam esperando na fila repensem se não estão mesmo precisando de um novo pen drive ou muito a fim de uma guloseima. Aliás, por que há guloseimas à venda em uma livraria?

— Mais alguma coisa? — pergunta a atendente do caixa ao passar o código de barras do livro no leitor.

Em um impulso, alcanço um exemplar do livro de algemas e chicotes que está disposto em uma das prateleiras de itens que as pessoas decidem que precisam de última hora. *Mal não vai fazer*, penso.

Ando pela praça de alimentação sem estar pronta para tomar decisões. São tantas opções, tantos restaurantes apresentando culinárias de diversas nacionalidades, que eu me sinto pressionada — tenho grandes dificuldades para me decidir. Provavelmente acabarei optando por alguma refeição fit. Sento a uma mesa periférica da praça de alimentação. Abro a sacola das últimas aquisições e pego o livro de Clarice Lispector.

Duas horas depois, retorno à realidade, entorpecida, após ter devorado todo o livro. Sinto a bola de bilhar voltando a pesar em meu peito, tirando meu fôlego. A sensação é de que estou perdida, com a licença poética — perdida em meio a um oceano, sufocada, presa embaixo d'água, como se estivesse sendo puxada para baixo com uma enorme urgência de nadar para a superfície. O coração palpita e o ar falta. Uma fraqueza nos braços, juntamente com um formigamento que corre dos ombros até a ponta dos dedos. Tremo. Seria isso o que eles chamam de crise de ansiedade? Um "piti"? Estou presa. Não consigo respirar. Socorro. Estou imersa no fundo do mar, com uma corrente no tornozelo. Estou enfartando? Ou tendo um derrame? Não sinto meus braços. Fecho os olhos, em pânico por alguns minutos.

Quanto tempo se passou? Dois ou três minutos? Uma eternidade para quem sente o pavor.

Ao irromper da sensação de pânico, choro de soluçar até, finalmente, sentir o alívio no peito. O coração volta a ficar leve. Já li algo sobre esses breves ataques de pânico, mas é a primeira vez que experiencio algo desse tipo. Depois das lágrimas derramadas, o que me prendia no fundo do mar parece ter se soltado. Encho meus pulmões de ar em grandes golfadas. Paro por alguns minutos, com medo de estar ficando louca. Apavorada de ter, paradoxalmente, melhorado de uma hora para outra. Na verdade, melhorado muito. Lágrimas que estavam presas, talvez. Nenhum livro nunca tinha mexido tanto comigo. Síndrome de Stendhal? Seria isso? Tinha, uma vez, lido em algum lugar sobre um mal-estar físico e psicológico causado pela exposição a alguma obra de arte extraordinária.

As lágrimas me trazem um inesperado sentimento de motivação e acabam despertando minha fome. Já são duas da tarde e todas as comidas servidas na praça de alimentação parecem frias, remexidas e envelhecidas. Concedo-me, então, o direito de me adiantar para o café da tarde. Compro um cappuccino grande com cobertura de chantili e uma torta de chocolate recheada com brigadeiro branco e morangos de um vermelho cartunesco. Ao ser servida, como um robô programado, conto as calorias presentes na refeição, mas acabo rindo de mim mesma ao me perceber fazendo tais cálculos insanos. Hoje eu posso. Ao começar, delicio-me com a apresentação do prato, a bebida coberta com aquele creme disposto de forma tão delicada e do qual desponta um pauzinho de canela que veio mergulhado na xícara. O cheiro é estimulante. Sirvo-me uma primeira garfada generosa contendo todas as camadas da torta. Sinto o açúcar ativar minhas papilas gustativas e espremer minhas glândulas salivares com violência. O sabor é magistral, e os efeitos, quase entorpecentes. Como de olhos fechados, com um inebriante sentimento de permissão. O calor do cappuccino desce revigorante. Pago pela refeição com um sorriso no rosto.

No caminho de volta para a escola, o sol brilha forte no céu. Agradecimentos a Curitiba por ter episódios de veranico esporádicos durante a semana, mesmo no inverno. O sol esquenta o topo da minha cabeça e a sensação é maravilhosa. Tiro o casaco de couro e o cachecol e arregaço as mangas da blusa para expor mais pele aos raios solares. Ouvi dizer que produzimos vitamina D dessa forma, mas não tenho certeza. Seja como for, preciso me nutrir de tudo o que está ao meu alcance.

Ainda estou com fome.

Capítulo 5

Chovia muito ao entardecer em Curitiba. Ana, naquele dia, não disputava com os taxistas da cidade para ver quem apresentava a direção menos defensiva. Voltava das aulas de karatê e jiu-jítsu, que decidira voltar a praticar depois de ser convidada a se retirar das investigações do caso de assassinato mais importante do ano. Talvez o mais importante do estado havia oito anos, desde a vez em que o filho de outro deputado decolou a 160km/h com seu Passat SW em um dos aclives do centro de Curitiba e esmagou duas pessoas inocentes que, por um azar do destino, cruzaram seu caminho na hora errada.

Não se importava com o trânsito lento, não tinha pressa em ir para casa. Assim que chegasse, seria obrigada a lidar com a inutilidade dos dias que estavam por vir e então dormiria para encontrar-se com seus pesadelos.

O celular jogado no banco do carona tremia e acendia sua tela novamente. Júlio ligava pela terceira vez. Ana apertou a tecla "recusar" e aumentou o volume do rádio, que deixava soar pelas caixas de som a programação das seis da tarde, em que um grupo de radialistas entrevistava uma convidada, a subcelebridade da semana, sobre o que ela achou de posar nua para uma revista famosa.

Fernando: Boa noite, ouvintes do A Vaca Tossiu! Eu, Fernando Quadros, junto com essa equipe de mal-acabados, Leozinho, Gabriel Furtado, Cabeça, Paranavaí e Airton Braga, estou aqui para levar mais entretenimento para você, que provavelmente está agora no carro voltando do trabalho, preso no caótico trânsito de Curitiba. Então, não esquenta a cabeça: relaxa e vem com a gente. Boa noite, Leozinho!
Leozinho: Fala, Fefê! Tudo bem, queridão? Cara, vamos começar quente o programa hoje!
Paranavaí: Ah, Leozinho, a rapaziada tá inquieta aqui no estúdio. O Gabriel tá até suando!
Leozinho: Para, cara! Vamos ser respeitosos com a moça. Hoje estamos com uma convidada mais do que especial: ela, que é a mais nova musa brasileira...
Airton: Deixa eu falar?! Musa mesmo! Gata pra caramba!
Fernando: Deixa que eu mesmo apresento. Ela, que acabou de completar vinte e cinco anos, estudante de Jornalismo, colunista do site BabadosOnline, blogueira, protagonizou um dos triângulos amorosos mais calientes na casa mais vigiada da TV brasileira e está estampada na capa deste mês da revista *Hot Girls*: Natália Muller!
[Palmas e assovios no estúdio.]
Natália: Oi, Fernando, Leozinho, meninos... Oi, povo aí de casa que nos escuta!
Fernando: Naty, conta um pouquinho pra gente como foi essa história de posar nua? Porque eu me lembro de você ter falado, antes de entrar na casa, que não posaria.
Natália: Ai, Fê, foi uma experiência incrível na minha vida. Eu realmente falei que não posaria. Mas a proposta foi irrecusável. *[Risos.]*
Paranavaí: Money que é good nóis não have.

Airton: Quanto foi, Naty? Fala aí pra gente.

Natália: Ah, não é algo que eu me sinto confortável em dividir, Airton... Acho que não vem ao caso. Mas te digo que vou finalmente poder comprar a minha casa própria.

Airton: Boa!

Gabriel: E como foi ficar pelada na frente de todo mundo?

Natália: No começo eu fiquei meio sem jeito... Mas toda a equipe era superprofissional, me deixaram sempre bem à vontade. Me senti muito mulher fazendo as fotos. Aguçou o meu lado feminino, sabe?

Gabriel: As fotos ficaram sensacionais. Os homens devem ficar sempre no seu pé por você ser gostosa desse jeito. Posso te chamar de gostosa?

[*Risos da convidada.*]

Leozinho: Olha o respeito, Gabriel! Apesar de que você é muito bonita, Naty.

Paranavaí: Ô, lá em casa!

Natália: Tudo bem, Leozinho... Não tem problema, não. Eu sou muito bem resolvida com o meu corpo. Não sou daquelas neuróticas, sabe?

Fernando: E como faz para manter o corpão?

Natália: Ah, malho bastante e faço dieta. Para fazer as fotos, eu tive que pegar mais pesado. Queria dar uma enxugada, sabe como é...

Gabriel: E como anda o coração? Casada, solteira ou enrolada?

[*Mais risos da convidada.*]

Natália: No momento, estou solteira.

Airton: Assim é bem melhor. Que saudade dos meus tempos de solteiro! Casamento é uma coisa que enche o saco.

Natália: Mas eu sonho em me casar... Na verdade, eu acredito que esse seja o sonho de toda mulher.
Leozinho: Será mesmo, Natália? Casar não está meio fora de moda, não?
Natália: Ah, não... Toda mulher sonha em casar e ter filhos. Pra isso viemos ao mundo. A mulher que não casar de véu e grinalda vai ter algo faltando na vida.
Fernando: É isso aí, Naty. O papo tá muito interessante. Você fala muito bem na rádio, mas vou ter que dar uma pausa rápida para uma música e, em seguida, apresentaremos nossos patrocinadores. Se você, que nos escuta agora, tem alguma pergunta para Natália Muller, essa beldade que está hoje aqui conosco, envie via Twitter para @avacatossiu ou então pelo Facebook. Lembrando a você, ouvinte, que nosso programa será reprisado hoje após a meia-noite. Voltamos já!

Ana achou melhor desligar o rádio.

Atravessou a avenida República Argentina em direção ao Portão, bairro onde residia. As lojas fechavam, as filas dos pontos de ônibus estavam para fora dos tubos. Estudantes e trabalhadores cansados davam mais um dia por encerrado. O sol já estava quase posto, e o silêncio no carro de Ana, presa no engarrafamento, tornava tudo mais tedioso e melancólico.

Ao chegar ao prédio, apertou o botão do controle para acionar a porta da garagem e piscou a luz alta para a guarita do porteiro em sinal de cumprimento. Percorreu toda a garagem até encontrar sua vaga, que exigia do motorista muita prática e habilidade singular na baliza. Ao sair do carro, abriu a porta traseira e retirou a bolsa de academia. Reparou na quantidade de roupas espalhadas pelo carro. Ana sempre acreditou que o carro podia não só servir como meio de transporte, mas também como um segundo guarda-roupa.

Abriu a porta do apartamento e foi imediatamente recepcionada por seu fiel escudeiro — Bóris, um buldogue francês branco com apenas a orelha esquerda preta. Largou a bolsa na poltrona e seguiu direto para o banho. Depois de limpa, vestiu seu pijama vermelho com estampa de coração já desbotada, foi para a cozinha, pegou uma taça e uma garrafa de vinho tinto. Jogou-se no sofá e ligou a televisão.

> *"E continuamos com a cobertura do assassinato da filha do deputado Luís Henrique Moura, que teve seu corpo descoberto há dois dias. Foi anunciado ontem o afastamento da delegada Ana Cervinski. Segundo Jurandir Freitas, chefe do departamento de inteligência policial, a Polícia Civil do estado substituirá os policiais atuantes na investigação para que não sejam cometidos os mesmos erros do mês passado, quando o caso foi arquivado precocemente.*
>
> *"Hoje à tarde, após a finalização da perícia, o corpo da jovem foi liberado pelo Instituto Médico Legal e, segundo familiares, o sepultamento ocorrerá amanhã às oito horas no Cemitério Parque Iguaçu..."*

Ana desligou a televisão e ficou sentada em silêncio enquanto acabava rapidamente a garrafa de vinho. Agradeceu a Alexandre por ter sido um exímio colecionador de vinhos e por ter deixado ótimas opções que Ana, até então, não tinha pensado em abrir. Aquele era um dos dias em que ele fazia muita falta.

Alexandre e Ana foram casados por doze anos. Ana tinha apenas vinte e um anos quando oficializaram a união, e ele, vinte e sete. Aos trinta e nove, Alexandre perdeu a batalha que travou durante um ano contra um câncer de pâncreas.

Ana abriu mais uma garrafa e brindou no ar. Nove anos antes, passara a se dedicar integralmente à carreira. Tinha poucos amigos próximos, e os relacionamentos mais longos que conseguira manter não chegaram a completar um mês. Naquele momento, se via forçada a encarar as "férias" involuntárias e não sabia o que fazer com elas. Não tinha vontade de viajar, muito menos de ficar à toa. Essa segunda opção era muito perigosa. Poderia fazer bater à sua porta novamente aquela que chamava de "indesejável visitante". Era uma velha conhecida de Ana, que a acompanhava havia muitos anos, mais tempo do que Alexandre. Na verdade, foi ele quem conseguiu que elas cortassem relações. Era como se fosse uma parente indesejada com a qual Ana era obrigada a conviver e, depois que o marido se foi, voltou de malas prontas para ficar. A Tristeza era sempre assim: inconveniente, visitando quando não era chamada e sem aviso. Naquele dia, mais uma vez, entrou, silenciosa como sempre. Envolveu-a em um vórtice de miasma negro e fluido, amarrando-lhe devagar, sedutora, porém mal--intencionada.

Ana chorou.

Capítulo 6

Examino a capa do livro por alguns instantes antes de abri-lo. As algemas e o chicote me causam estranheza, sobretudo pelo livro ter se tornado um sucesso entre mulheres de todas as faixas etárias, e, por um momento, imagino minha mãe como leitora de uma trama sadomasoquista. Impossível.

Estou sentada na sala, aproveitando o silêncio de estar sozinha em casa. Mônica é uma boa pessoa, mas muito carente, nunca respeita minha necessidade de ficar só. E sinto que algo dentro de mim está diferente. Não sei explicar o que é, mas a sensação é de que algo bom está por vir. É de se pensar que sou louca se disser que sinto medo disso. Não lido bem com mudanças.

Leio os primeiros capítulos do livro com certa desconfiança. Sempre achei o sexo algo bastante superestimado pela mídia, mas confesso que as cenas ali descritas são, no mínimo, peculiares. As sensações que a protagonista experimenta eu mesma nunca experimentei. E agora entendo por que tantas mulheres se fascinam por esse tipo de leitura. A maioria delas — e me incluo nessa estatística — é obrigada a desenvolver uma enorme capacidade de sublimação quando o assunto é prazer sexual.

Duas horas já se passaram quando ouço as chaves no trinco da porta. Mônica entra fazendo bastante barulho, para variar. Caminha pelo apartamento, o salto alto estalando no piso. Atira a bolsa na cadeira da cozinha e se joga no sofá no qual estou deitada, forçando-me a dobrar as pernas para que ela não as esmague.

— Que dia de merda.

— Sério? Aconteceu alguma coisa? — pergunto, sem querer saber de verdade.

— Nada de mais. Mas é sempre uma merda trabalhar no sábado. — Ela me olha, cansada. — Deve ser bom ser professora. Não trabalhar aos sábados, folgar todos os finais de semana e entrar de férias no verão.

— Não posso reclamar. Mas pelo menos seu salário é maior que o meu.

— É. Eu não conseguiria viver com o seu salário. Ainda bem que você tem a sua família e o Rafael. — Mônica adora dizer que a minha vida é melhor que a dela.

Dou de ombros.

— O que você está lendo?

Mostro a capa do livro e não me surpreendo com a expressão de empolgação histérica que toma seu rosto.

— Ah, para! Esse livro é in-crí-vel. Eu simplesmente devorei. — Ela pega meu exemplar para folhear. — Achei que você só lesse esses livros chatos do tempo das cavernas.

— É uma leitura interessante — digo com um sorriso forçado.

— Nossa, eu acho que todas as mulheres deveriam ler esse livro. Isso, sim, é sexo. Ser pega desse jeito. Imagina ter um homem desses na minha vida? — fala Mônica, animada, enquanto me encara com os olhos arregalados. — Mas você já tem, né? Sua sortuda.

— É — confirmo com a voz insegura. — Mas você não achou a protagonista do livro muito... — Pauso para buscar um adjetivo. — Sei lá, submissa demais?

— Minha filha, se eu tivesse um homem desses, deixaria ele fazer o que quisesse comigo. É bom, sabe? Deixar o homem no comando. Eles gostam disso. Faz com que eles se sintam mais homens. E, no final das contas... — Ela me lança um olhar de cumplicidade. — Sempre somos nós, mulheres, que mandamos de verdade, né?

Mônica ri alto. Esboço um sorriso murcho em falsa concordância.

— E o Rafael, não vem hoje?

— Já deve estar chegando.

○━○

Às oito da noite, eu já havia me transportado para a mesa da cozinha para continuar lendo o livro. Tenho por hábito aproveitar todos os cômodos da casa para me instalar durante uma leitura, nas mais diversas posições, até que deixem de ser confortáveis.

Rafael chega ao apartamento, joga sua bolsa-carteiro na cadeira ao lado da minha e afrouxa o nó da gravata que lhe dei de presente no Dia dos Namorados.

— Oi, amor — digo, fechando o livro.

Rafael para atrás de mim e me segura pelos ombros com suas mãos sempre firmes.

— O que está lendo? — Ele me beija no rosto ainda segurando com firmeza meus ombros. Sinto o peso de seu corpo.

— Só um livro bobo que comprei, sem ainda saber por quê.

— Como é bom ter tempo livre! — Ele ri alto. — Eu não tenho tempo nem pra ler os documentos de que preciso. Imagina ficar lendo coisas assim.

Rafael se afasta para pegar um copo de água.

—Vamos fazer alguma coisa hoje?

—Vamos. Eu combinei de jantar com dois possíveis colaboradores. Vamos naquele novo restaurante de culinária molecular que abriu na semana passada.

Encaro Rafael com naturalidade e finjo que faço alguma ideia do que é culinária molecular.

— Quero que você use aquele vestido preto curto que eu comprei e aquele brinco que minha mãe te deu de aniversário. — Ele dá um longo gole que acaba com toda a água do copo. — E não exagere na maquiagem.

—Vou para o banho, então.

Deixo o livro na mesa e vejo que ele me observa caminhar até o banheiro com o copo vazio ainda na mão.

∞

Após duas horas de conversas fúteis em um restaurante pretensioso, vim com Rafael para o apartamento dele, como sempre faço aos finais de semana. Ele disse que fez grande progresso com os dois homens com quem jantamos hoje. Acho engraçado, porque em momento algum falamos sobre negócios. Conversamos sobre política e futebol, e os homens riram das várias piadas que Rafael sempre tem na ponta da língua, mas nada sobre a empresa ou sobre o serviço que eles prestavam como colaboradores. Deve ser por isso que Rafael diz que eu não entendo nada sobre o mundo dos negócios. Eu concordo.

Se ele não soubesse o que está fazendo, não teria chegado aonde chegou. Ele toca a EcoSalvattori sozinho, não depende de nada que os pais deixaram para ele. Admiro isso no meu noivo.

Sei que hoje vamos transar. Já estamos há duas semanas sem sexo, e, durante o caminho para casa, Rafael disse que hoje está com vontade. Então vou ao banheiro tomar outro banho — só assim me sinto confortável. Deito na cama e espero que ele tome a iniciativa. Na verdade, torço secretamente para que a vontade dele tenha passado, pois me sinto cansada. Nosso sexo costuma ser bastante previsível, e eu não estou no clima. Acontece quase sempre assim: ele me beija brevemente até ficar suficientemente excitado, então me penetra mesmo sem esperar que eu fique molhada. Quase sempre sinto dor. Acho que devo ter algum problema com a minha lubrificação. Preciso procurar um ginecologista para resolver isso. É provável que seja por causa do anticoncepcional que eu uso há pelo menos quatro anos. De qualquer forma, o sexo é sempre rápido, então sempre adio a resolução dessas questões. Ele ejacula de olhos fechados, agarrando com força os lençóis, e então me deixa sozinha na cama e vai tomar banho. Às vezes, pede para eu ficar por cima, mas não sou boa nisso, me sinto muito estranha e desengonçada. Então Rafael perde a paciência e terminamos sempre no papai e mamãe.

Hoje não é diferente. Apesar de não estar a fim, é difícil que eu deixe de comparecer ao ato. Depois do banho pós-coito, Rafael me dá um beijo de boa-noite apressado e logo pega no sono. Eu me levanto e vou à cozinha tomar um copo de água. Deito no sofá da sala, pensando nos capítulos do livro que li à tarde. Revisito todas as cenas de sexo selvagem que li durante o dia e principalmente as descrições de prazer da protagonista. Aquilo só pode existir na ficção. Não é possível. Acho difícil acreditar que haja algo tão errado com o meu corpo. Eu tenho um noivo de físico atraente que me proporciona tudo o que uma mulher pode querer — dentro dos padrões da realidade, claro, e não dos padrões do milionário do livro —, e mesmo assim o sexo até hoje nunca foi uma experiência emocionante e de tirar o fôlego. Se a minha vida sexual fosse ser pintada em cores, seria em vários tons de bege.

Lembro-me de uma cena de *Cisne negro* na qual Vincent Cassel fala para Natalie Portman ir para casa se masturbar, para que possa aflorar a sexualidade dentro dela. Penso que a mesma coisa pode acontecer comigo. Então começo a passear pelo meu corpo com a ponta dos dedos. Não me lembro quanto tempo faz desde a última vez que me masturbei. Procuro me estimular buscando inspiração em algumas das cenas que li. Busco o orgasmo que a personagem virginal alcançou mais de uma vez.

Não consigo.

Capítulo 7

Foi com dificuldade na baliza que Júlio estacionou seu Gol bolinha a quatro quadras de distância do Cemitério Parque Iguaçu, considerado um dos mais nobres da cidade. As quadras adjacentes estavam tomadas por um mar de carros estacionados. Era, de fato, o funeral mais movimentado a que Júlio já fora. Estavam presentes equipes das principais emissoras de televisão, blogueiros, parentes, curiosos e diversas figuras políticas, que incluíam o prefeito da cidade e o vice-governador.

Júlio vestia sua calça jeans, seu fiel tênis de corrida, um moletom cinza-escuro e um boné velho. Entrou no cemitério com um andar tranquilo e sem olhar para os lados, tentando não chamar a atenção, e caminhou no sentido contrário ao funeral para manter uma distância considerável da grande massa. Posicionou-se em um local alto de onde pudesse apenas observar as figuras já conhecidas.

Após Ana ter sido afastada da investigação, o delegado João Gabriel Pacheco fora indicado para encabeçar a equipe de investigadores. Ele era delegado havia mais de vinte anos e, com certeza, só se mantinha no cargo devido à sua boa vontade com os homens que estavam no poder. Por esse motivo, Júlio desconfiava de que a nova equipe de investigação acabaria fazendo vista grossa durante a busca por evidências contra a família Moura. Já se sentia bastante incomodado com o desenho do planejamento da investigação, pois se havia algo que João Gabriel sabia fazer era empurrar qualquer coisa com a barriga. Até o momento, só tinha feito reuniões para decidir quais policiais deveriam fazer parte da equipe. Júlio foi o único, entre os escalados, que tivera participação na investigação do desaparecimento de Amélia no mês anterior. Aquilo significava que todos os outros policiais envolvidos precisariam se inteirar dos relatos oficiais e das evidências a respeito do desaparecimento. O IML havia liberado o corpo, mas estava demorando para entregar o laudo final da perícia, afirmando que as análises laboratoriais demoravam mesmo. Outros policiais do grupo tinham sido designados para conversar com os vizinhos e com as pessoas que trabalhavam com Amélia, e Júlio sentia que estava sendo chutado para escanteio na escalação de tarefas, provavelmente por ter sido um dos únicos a se mostrar incomodado com o afastamento de Ana. Podia jurar que ouvira os colegas o chamando de "baba-ovo da Diaba Loira" quando entrou na copa para pegar um café.

Júlio tirou do bolso do moletom um pequeno binóculo, que mais parecia um brinquedo, e tratou de ajustar o foco. Focalizou primeiramente o casal Luís Henrique e Maria Célia, ambos impecavelmente bem-vestidos. O deputado estava de braços cruzados enquanto a esposa o abraçava com uma das mãos e, com a outra, segurava um lenço de pano que vez ou outra usava para enxugar as lágrimas. Do lado direito do deputado, encontrava-se Gustavo. Tudo o que Júlio sabia sobre o irmão de Amélia era que ele era médico-residente em cirurgia geral e que tinha viajado para os Estados Unidos para um estágio poucos dias antes do desaparecimento da irmã. Era bastante jovem, devia ter em torno de vinte e cinco anos, e seus cabelos castanhos mostravam que tinha mais semelhança com a mãe do que com o pai. Na verdade, não se parecia em nada com o pai. Os três usavam óculos escuros e olhavam fixamente para o caixão.

Ao mover o binóculo para a direita, Júlio conseguiu visualizar Rafael de braços dados com sua mãe, o rosto de ambos congelado em uma feição neutra. Mônica estava mais à direita, chorando de soluçar.

— Bisbilhotando, é? — disse uma voz vinda de trás.

— Eu? — Júlio assustou-se ao ser abordado.

— Acho que só você e eu estamos neste canto, né? Você é repórter? — perguntou a mulher, que devia ter por volta de trinta anos.

— Não. Sou só curioso mesmo — falou Júlio, encabulado por ter sido pego com um binóculo.

A jovem cruzou os braços e encarou com melancolia o caixão a distância.

— Você conhecia a filha do deputado? — indagou Júlio.

— Filha do deputado... Nem no dia do próprio enterro ela é lembrada por qualquer outra coisa.

A jovem fixou os olhos marejados em Júlio; eram grandes e amendoados. Pegou no bolso da calça jeans uma carteira de cigarros, colocou um na boca e ofereceu um a Júlio.

— Eu não fumo, obrigado.

— Eu não a conhecia muito bem. Nós nos conhecemos no casamento do sócio do noivo dela. — A mulher fez uma pausa para tragar o cigarro e soprou a fumaça lentamente em direção à multidão. — Conversamos bastante aquele dia, mas foi só.

— E por que você veio ao funeral? — questionou Júlio, interessado.

— Sei lá. Pelo mesmo motivo que você, talvez. Curiosidade. — Ela tragou novamente, dessa vez segurando a fumaça em seus pulmões por mais tempo, e voltou a falar, soltando a fumaça junto. — Testemunhar a incompetência da polícia.

— Por que diz isso? Porque arquivaram o caso do desaparecimento?

— Não. O pai dela mexeu os pauzinhos para que isso acontecesse. A polícia é incompetente porque agora ela está morta e o assassino está lá na frente do caixão para vê-la ser coberta por terra pela segunda vez. — Ela percebeu o espanto de Júlio e complementou: — Não está óbvio que o noivo é o culpado? Por que não foi preso ainda?

— Eu li que não há provas suficientes para incriminar ninguém, e o noivo não foi visto com Amélia por semanas antes de ela desaparecer. Tem certeza de que você só a encontrou uma vez?

— Tem certeza de que você não é mesmo um repórter? — A mulher jogou o cigarro no gramado e o esmagou com a sola do tênis. — Eu preciso ir.

— Espera! — Júlio achava que a jovem desconhecida poderia saber mais do que transparecia, mas não tinha uma desculpa para mantê-la falando. — Você pode me dar seu telefone?

A jovem apenas deu de ombros com um sorrisinho e virou as costas.

— É sério. Eu quero te ver de novo.

Ele correu para alcançá-la. Júlio não tinha dificuldades para usar seu charme para conseguir o que queria.

— Além de bisbilhotar o funeral alheio, você também vem ao cemitério para dar em cima de mulheres?

— Não é bem assim.

O celular de Júlio tocou. Era Ana. Júlio se perdeu no dilema entre atender a ligação ou persuadir a moça a lhe dar seu contato.

— Oi, Ana.

— Você pode passar aqui depois do expediente? Vou te enviar a localização por mensagem.

Segundos depois, percebeu que a jovem misteriosa já estava longe.

⬢⬢⬢

Júlio deixou a delegacia no final do expediente, ansioso. Durante todo o resto do dia, pensara no que é que Ana teria para conversar com ele. Não queria parecer empolgado demais por ir à casa dela; deveria ser imparcial, mostrar maturidade, apesar do moletom que vestia desde aquela manhã. Talvez ela quisesse novidades de alguém por dentro das investigações. Certamente era aquilo.

Saiu do Centro, atravessou o Água Verde e seguiu em direção ao Portão. Estava muito longe de casa, então teve que ir direto da delegacia. Apesar de relutar contra a ideia de ir até a casa da chefe com cara de quem enfrentou um dia inteiro de trabalho, sabia que chegaria muito tarde se tivesse que ir até o Santa Cândida para tomar banho e trocar de roupa. Ao encontrar o número 1115, referente ao prédio que procurava, Júlio agradeceu pela enorme quantidade de vagas espaçosas que pouparam a lataria do seu Gol de possíveis arranhões.

Identificou-se para o porteiro, que o averiguou de cima a baixo, de maneira nada amistosa, antes de interfonar e confirmar que Ana realmente esperava visita.

Júlio subiu até o sétimo andar do bloco C e identificou o apartamento da delegada. Era a única porta, das quatro naquele andar, em que o capacho não tinha frase alguma. Realmente, ele não imaginava Ana como o tipo que compraria um capacho colorido com ursinhos carregando mensagem de boas-vindas, como vira nas outras três portas.

— Oi, Júlio — disse Ana, abrindo a porta, com uma grande taça de vinho na mão. Estava de cabelos úmidos, descalça, vestindo calça jeans clara e uma blusa baby look. — Entra.

— Com licença.

Júlio entrou desajeitado, com as mãos nos bolsos da calça, desconfortável por não lembrar em que posição suas mãos normalmente se acomodavam. Olhou em volta para fazer um reconhecimento do território. O apartamento era bastante espartano, com pouca decoração e sem nenhuma cor quente. Paredes brancas, piso branco, móveis de madeira. A televisão estava ligada e passava o show do Queen no Rock in Rio de 1985. Júlio se virou novamente para Ana e não conseguiu interpretar a expressão em seu rosto, o que o deixou mais desconfortável.

— Gostei do seu apartamento.

— Obrigada.

— Eu te liguei várias vezes nos últimos dias — disse Júlio, encabulado. — Queria saber como você estava. Nem deu tempo de nos falarmos no dia do seu afastamento.

— É, eu sei. Eu estava tão furiosa na hora que saí da delegacia o mais rápido que pude.

— E como você está? Queria conversar sobre alguma coisa?

— Ah, Júlio. Desculpa se não te passei a impressão correta pelo telefone. Mas eu não te chamei aqui para conversar... — disse ela, bem próxima a Júlio, apoiando as mãos em seu peito. — Mas é claro que você pode ir embora, se quiser.

Júlio se sentiu intimidado e engoliu em seco quando entendeu o motivo que o levara até aquele apartamento.

— Eu passei o dia todo trabalhando. Talvez seja melhor eu tomar um banho.

— Não precisa. Eu até prefiro assim.

Não houve muito tempo para reação. De repente, os lábios se encontraram e as línguas exploraram uma à outra. Então o moletom de Júlio e a camisa que usava por baixo já estavam no chão. O cinto desafivelado e o zíper aberto. Júlio quis abraçar Ana, mas foi interrompido. Sentiu-se vulnerável quando ela segurou os pulsos dele com força, empurrando-o no sofá e despindo apenas a própria calça jeans.

Transaram no sofá. Não houve romantismo ou carícias. Apenas a necessidade de completar um vazio, saciar uma fome. Júlio sentia a pele arrepiar ao tocar Ana. Fantasiava com aquilo desde que entrara para a polícia. Claro que, em sua imaginação, havia uma participação mais ativa de sua parte, mas não quis se preocupar com aquilo. O gozo veio muito rápido, e ele se odiou ao ver que Ana estava muito longe de alcançá-lo. Ofegante, ele quis abraçá-la em busca de conforto, para aproveitar o relaxamento e, quem sabe, redimir-se com uma segunda chance, mas foi interrompido.

— Você pode tomar o seu banho agora, se quiser. — Ana se levantou em busca de sua calça.

Júlio tomou banho e foi até a cozinha, onde Ana, em pé, novamente bebia seu vinho tinto, apoiada na pia de mármore.

— Tá com fome?

Júlio acenou afirmativamente com a cabeça.

— Eu não tenho muita coisa em casa. Quer fazer um sanduíche?

Ana abriu a geladeira e pegou presunto, queijo e um pote de requeijão. Júlio montou e comeu seu sanduíche em silêncio durante alguns minutos de embaraço totalmente unilateral. A ex-chefe parecia indiferente à situação em que se encontravam.

— Então, como anda a investigação do caso? — perguntou ela, mesmo que seu orgulho a impelisse a não falar sobre o assunto.

— Por enquanto, não anda. Fizemos inúmeras reuniões e agora começamos a nos organizar para revisar as evidências do desaparecimento. Sabe, revisar os álibis de todo mundo, ver com quem ela conversou nos últimos dias antes de desaparecer. Tudo a passos de formiga. É frustrante.

— Só posso imaginar. — Ela se serviu de mais vinho, inconformada.

— Hoje fui ao enterro da Amélia. Estavam todos lá. O pai, a mãe, o irmão, o noivo e a *melhor amiga* — ironizou ele. — Fiquei distante para que não me vissem e apenas observei. Tive náuseas ao ver a cara daquele almofadinha, como se realmente estivesse de luto, na beira do túmulo. Conheci uma moça que também observava o funeral de onde eu estava. Disse que conheceu Amélia em um casamento de alguém da empresa de Rafael, algo assim. Ela está com a gente, foi categórica ao acusar o noivo. A verdade é que ninguém parece ter mais motivos do que ele.

— O problema é que ele tem mais dinheiro do que nós podemos um dia sonhar em ter e não vai para a cadeia sem uma prova escancarada de que foi ele. Talvez nem assim, infelizmente. — Ela terminou a taça em um único gole. — Está tarde, Júlio. Já vou me deitar. Preciso acordar cedo amanhã para começar a pensar no que vou fazer com todo o tempo livre que tenho disponível.

— Sim, sim. Também preciso ir — disse ele, constrangido.
— Eu te ligo?
— Melhor eu ligar para você.
— Tudo bem.

Ana abriu a porta do apartamento e se despediu de Júlio com um beijo no rosto.

◌═◌

O relógio marcava cinco horas da manhã e o sol ainda demoraria a aparecer quando Ana Cervinski despertou. Fechou os olhos em busca do sono, tentou diferentes posições na cama antes de desistir e seguir para o banheiro. Bóris abriu os olhos preguiçosos para acompanhar os movimentos da dona e ponderou se deveria se levantar de sua caminha ou não.

No espelho, Ana viu que estava com olheiras e com os lábios pálidos, resultado das três horas maldormidas. Ela abriu a torneira, lavou o rosto com água gelada, na tentativa de afugentar a tontura matinal de um cérebro cansado, e escovou os dentes. Acendeu a luz do quarto e pegou sua bolsa de ginástica no armário. Aproveitaria o primeiro horário da nova academia na qual se matriculara na semana anterior — queria se manter longe de policiais durante o afastamento. Naquele momento, desfrutaria da companhia de senhorinhas que usavam a primeira raia da piscina olímpica para a aula de hidroginástica às seis da manhã.

—Você vai ficar bem sozinho, amigão? — perguntou Ana ao cachorro, que resolveu não levantar e respondeu apenas com um bocejo.

Abriu a geladeira, dentro da qual só encontrou alguns itens perdidos fora da validade. Fechou-a novamente. De qualquer forma, não sentia fome. Tomou um copo de água, colocou ração para o cachorro e desceu para a garagem.

Saiu com sua TR4 e viu que as ruas estavam desertas. Lembrou que era domingo. A academia não abriria, assim como boa parte do comércio. Curitiba, desenvolvida e sagaz, preservava características interioranas como os horários comerciais diurnos e o direito irrevogável de fechar o comércio aos feriados e finais de semana. Estava longe de ter o espírito frenético e cansado de São Paulo, com suas jornadas de trabalho inumanas. Ana gostava que a cidade mantivesse seu clima de calmaria, mesmo que não combinasse com ela. Mas talvez fosse hora de se mudar para alguma cidade em que as academias abrissem aos domingos, feriados e durante a madrugada.

Como já tinha saído, não queria voltar ao apartamento onde passara os últimos dias vegetando no sofá, assistindo a todos os filmes e seriados da Netflix. Colocou o álbum de 1973 do Aerosmith, o preferido de Alexandre, e cruzou a avenida República Argentina em direção ao centro da cidade, apenas para rodar.

Imaginava a carranca desaprovadora do pai — o Coronel. Ana e os dois irmãos mais velhos o chamavam assim pela postura rígida e militar dentro de casa e por essa ser a patente do pai na Força Aérea Brasileira. Coronel Stefan Cervinski, filho de imigrantes poloneses, havia sido um militar de carreira dos dezoito aos sessenta e cinco anos, quando se aposentara com dispensa honrosa. Naquele momento, aos oitenta e cinco, morava em uma casa antiga no Jardim Social com a mãe de Ana, dona Annika. Nika, como sempre foi chamada por familiares e amigos, fora uma mãe, esposa e dona de casa dedicada, mas, atualmente, era raro que se lembrasse até mesmo em que ano estavam. Da última vez em que Ana visitara os pais, a mãe não a havia reconhecido e, por vezes, perguntara em polonês onde estavam as crianças. Polonês era sua língua materna, mas, desde que chegara ao Brasil, com oito anos, só a usava para cantar canções de ninar.

Ana sempre usava o excesso de trabalho como desculpa para não visitar os dois, que, apesar de longe, ainda moravam na mesma cidade. Após ser afastada do caso da morte da filha do deputado, tinha motivos ainda maiores para evitá-los.

Cruzou o bairro Mercês em direção ao Santa Felicidade e resolveu parar no parque Tingui, seu preferido. Aproveitou que havia saído de casa para se exercitar. Correr não era sua atividade favorita, mas sentir o ardor nas pernas, o peso que recaía sobre suas costas e a falta de ar que queimava os pulmões, paradoxalmente, a ajudava a manter as baterias carregadas. Era fundamental para que a depressão não a dominasse, como já fizera tantas outras vezes. Diferentemente do Barigui, parque mais famoso da cidade, o Tingui ainda guardava a sensação de ser uma joia escondida. Pelo parque não se enxergavam casas nem carros, e as trilhas de corrida passavam por lagos e pontos com árvores bastante verdes e de copas fechadas que emanavam umidade e o som reconfortante da natureza.

Às 6h10, o sol nasceu. Ana correu por mais quarenta e cinco minutos, até as bochechas ficarem avermelhadas, e o rosto, brilhando de suor. Quando voltou para o carro, pegou o celular do porta-luvas e viu na tela quatro ligações perdidas e uma mensagem de voz. Eram de seu irmão mais velho, André.

— Ana, me liga quando você puder. — Houve uma pausa de inspiração profunda. Ao continuar, a voz de André soou calma e grave: — O papai está internado.

○○○

Às sete da manhã, Júlio já estava de pé. Preparou seus seis ovos matinais acompanhados de uma xícara de café, uma cápsula de Ômega 3 e polivitamínicos. Sentou-se em frente ao computador para comer seu café da manhã dos vitoriosos — como ele mesmo se referia àquela combinação proteica. Abriu o site de notícias para ver como andava a reputação da polícia perante a mídia. Felizmente, o site trazia apenas algumas manchetes sobre os recentes escândalos políticos de magnitude nacional, misturados a fofocas sobre famosos e sobre os times que se enfrentariam naquela rodada do Brasileirão. Por enquanto, estavam salvos, mas não demoraria muito para serem massacrados pela lenta investigação e pela falta de um responsável pela morte de Amélia.

Júlio também acompanhava alguns blogs na internet que tratavam de fazer a própria busca por justiça. Alguns traziam hipóteses conspiratórias de como Rafael Salvattori teria comprado sua inocência e sumido com as provas. "Neste país, torça para que alguém da sua família nunca venha a ser assassinado ou passado para trás por alguém com dinheiro, porque, meu amigo, você vai se dar mal" — era essa a postagem de um estudante de jornalismo, que, apesar de não ter provas para sustentar sua hipótese, não deixava de ter razão. Outros blogs compravam a versão lançada na mídia pelo delegado João Gabriel de que Amélia provavelmente havia sido vítima de um crime de oportunidade, e choviam postagens revoltadas de "Até quando?".

Enquanto dava ferozes garfadas em seus ovos mexidos, mexia no celular na esperança de que houvesse alguma ligação perdida de Ana. Mas não havia. Digitou Ana Cervinski na ferramenta de busca para ver se encontrava o perfil da chefe no Facebook, mas também não obteve sucesso. Pensou que talvez devesse ligar e chamá-la para sair. Ela, no entanto, dera a entender que, se quisesse vê-lo novamente, ligaria. Sentiu-se estúpido.

Terminou o café e imediatamente lavou a louça. Júlio era impecável quando se tratava de organização e limpeza. Provavelmente foi essa característica obsessiva que o permitiu chegar aonde chegou. Distraído, pegou-se apertando a esponja com força e se convenceu de que era melhor adiantar a visita a Sofia, normalmente feita às segundas, para lavar a montanha de louça do fim de semana.

Depois de arrumada a pia, sentou-se no sofá-cama espremido no canto de sua quitinete. Pegou em sua velha pasta de couro, encostada entre o pé da cama e a parede, o relatório da morte de Amélia. Junto às inúmeras folhas havia fotos que Júlio espalhou sobre a cama. Traziam o cadáver fotografado sob diferentes ângulos no local em que fora encontrado. Olhos esbugalhados e uma expressão de horror na face marmorizada. A boca arreganhada com os dentes à mostra, como em um choro de desespero. Em outras fotos, tiradas dentro do IML, o foco estava nas marcas arroxeadas na pele acinzentada do pescoço. Havia fotos dos membros superiores e inferiores, das costas, das nádegas e da genitália, mas nenhuma parecia trazer qualquer informação relevante. Não fora encontrado DNA algum no corpo, tampouco impressões digitais. O relatório da perícia trazia informações tão óbvias que poderiam perfeitamente ter sido redigidas por um estagiário.

Júlio se pegou criando hipóteses conspiratórias.

⛓

Ana sentiu um aperto no peito quando recebeu o crachá de visitante da recepcionista do hospital. "Os médicos disseram que foi um AVC", dissera André ao telefone.

Seguiu as instruções para chegar ao andar da UTI, onde encontrou o irmão sentado na sala de espera. Os dois se cumprimentaram com um beijo no rosto e um rápido abraço, mera formalidade.

— Logo vão deixar a gente entrar. O horário de visita é daqui a trinta minutos — disse André, as mãos nos bolsos.

André, seis anos mais velho, era empresário, dono de uma rede de lojas de colchões, marido dedicado e pai de duas filhas. Seus cabelos brancos, misturados ao loiro-escuro, lembraram Ana que não via o irmão havia mais de um ano, mesmo morando na mesma cidade. O irmão do meio, Ariel, ela não via havia mais de dois anos.

— O que aconteceu?

— Só sei o que os médicos me contaram, porque a mamãe não soube explicar nada... o que era de esperar... mas foi ela quem chamou a ambulância — respondeu ele. Dona Nika felizmente ainda tinha momentos de lucidez. — Parece que o papai acordou reclamando de tontura e, quando foi preparar o café da manhã, desmaiou no chão da cozinha.

— Meu Deus!

— Ele foi levado pelo SAMU para uma Unidade de Pronto Atendimento, onde diagnosticaram o derrame. Depois disso, foi trazido pra cá, porque sua condição é instável. Estão usando medicações para controlar o coágulo que causou o problema, por isso ele vai ficar em observação por um bom tempo. Mais do que isso, eu não sei — concluiu André.

Preocupado, ele passou a mão nos cabelos e depois no maxilar, como se alisasse uma barba que não estava ali.

—Você conseguiu falar com o Ariel?

— Sim. Ele disse que conseguiu comprar uma passagem de avião para amanhã.

Economista por formação, Ariel trabalhava como fotógrafo em São Paulo. A fotografia sempre fora sua grande paixão e uma de suas maiores rusgas com o pai. Ariel sempre fora o preferido de Ana, mas o afastamento do irmão, após a mudança, pareceu inevitável, e ela entendia. Uma pena que a reunião entre os dois aconteceria por conta de uma tragédia.

— Ana... Como vamos fazer com a mamãe? — perguntou André.

— Como assim? — devolveu ela.

Ana sabia o que viria a seguir.

— Consegui que uma vizinha ficasse com ela durante o dia. Hoje é a folga da cuidadora. De qualquer forma, alguém precisa acolhê-la em casa.

— Eu não posso. Você sabe que não.

— Qual é, Ana? Eu li no jornal que você está afastada. Sabe que em casa eu tenho as crianças. Além do mais, tenho quatro lojas para tomar conta.

Pronto! Lá estava o sucesso dele em primeiro lugar.

—Você tem que pensar na família agora — completou ele.

— Não podemos pagar um extra pra cuidadora ficar durante a noite também?

O olhar irritado de André e os lábios cerrados foram o suficiente para Ana ler todas as ofensas que ele dirigiu mentalmente a ela. E, se era para fazer com que ela se sentisse culpada, funcionou.

—Você quer que o papai morra de vez? Sabe que ele cuidava dela junto com a enfermeira durante o dia e sozinho todas as noites. Ele nem sequer deixou a gente comprar aquela cama hospitalar pra mamãe pra poder dormir junto dela.

— Tudo bem. Desde que seja provisório.

— Sim. Pelo menos até sabermos qual é o quadro do Coronel.

A cabeça de Ana começou a latejar quando pensou em ter que tomar conta da mãe. Assistira ao marido definhar dia após dia, e desde que a mãe começara a apresentar os primeiros sinais do Alzheimer, quatro anos antes, passara a evitar o convívio com os pais.

— Está liberado o horário de visita. Por favor, respeitem as regras de higienização indicadas nos cartazes e lembrem-se de que só serão permitidos dois visitantes por vez — instruiu uma enfermeira de avental cirúrgico cor-de-rosa, sem olhar para nenhum dos visitantes. — Não insistam.

Júlio passou rapidamente no supermercado para comprar pães, leite, frutas e alguns produtos de limpeza que ele sabia que provavelmente estariam em falta na casa da tia, além de, principalmente, comida congelada.

Estacionou o Gol sem respeitar as estreitas delimitações da vaga de garagem do prédio antigo. A síndica já o havia advertido diversas vezes, inclusive com bilhetes pouco gentis no para-brisa do carro. Subiu pelo elevador até o quinto andar. Em frente à porta do apartamento 501, recolheu os cinco envelopes deixados no capacho.

Respirou fundo e, com o punho cerrado, bateu três vezes. Suspirou quando viu a sombra de Sofia aproximar-se do vão.

Capítulo 8

Maldita festa. Eu me esqueci do casamento do sócio do Rafael e, consequentemente, de ir atrás de uma roupa que entrasse em minha nova silhueta. Precisei recorrer a um vestido azul longo guardado no armário há muito tempo. Rafael me ajuda com o zíper enquanto prendo a respiração e rezo para que a costura aguente.

Há dois meses, desde que tive aquela crise de choro no meio do shopping, sinto muita fome. Algo insaciável.

—Você engordou.

O comentário de Rafael me atinge como um punhal nas costas. Embora na semana passada eu tenha recebido elogios de professoras — e até de um professor — por estar mais bonita e com uma aparência mais saudável, sei que meu noivo prefere mulheres bem magras. Ao longo de nossos quatro anos de relacionamento, sempre cuidei obsessivamente da minha dieta e raramente faltei à academia. Tudo porque ele merece: é bonito, elegante e bem-sucedido. Adora me exibir em todos os eventos sociais, e sinto orgulho disso. Sei que somos um daqueles casais que causam inveja nos outros.

Prendo a respiração e encolho a barriga o máximo que posso para que ele feche o zíper até o final.

Estamos atrasados, e Rafael não está feliz. Para completar o cenário, cai uma chuva torrencial lá fora.

O barulho das gotas espessas batendo no teto do carro como marteladas compete com a música no rádio. O clima abafado vence o ar-condicionado, deixando os vidros embaçados e engordurados. Sinto-me ainda mais sufocada naquele vestido apertado.

A cerimônia já começou quando passamos em frente ao Castelinho do Batel, que é literalmente um palácio no meio da cidade, onde pessoas muito ricas, ou que passaram muitos meses de vida guardando dinheiro só para isso, se casam.

O pomposo castelo, iluminado por holofotes e cheio de pessoas muito bem-vestidas e socialmente adequadas para os padrões da elite curitibana, também parece me deixar sem ar.

Espremos o carro em uma vaga a duas quadras do local, com pelo menos metade da roda dianteira invadindo uma área de rebaixamento. Rafael sai bruscamente e bate a porta do carro com tanta violência que sinto a lataria balançar. Ele contorna o veículo e abre minha porta enquanto segura um guarda-chuva. Começamos a caminhar em direção ao Castelinho. É difícil igualar os passos. Prefiro correr para chegar o quanto antes, mas Rafael me puxa pelo braço e me envolve com força para que eu fique com ele debaixo do guarda-chuva. Como se o cenário já não fosse caótico o suficiente, piso em um paralelepípedo solto na calçada e um grande volume de água suja espirra, salpicando minhas pernas de lama. Sinto a maquiagem borrar e fiapos de cabelo se desprenderem do penteado, apesar de todo o spray fixador.

Quando finalmente chegamos, os noivos já estão no altar. Um mar de convidados toma o Castelinho. A decoração é bonita, mas exagerada, e a quantidade de flores é incômoda.

O padre discorre longamente sobre o encontro de duas almas, o homem e a mulher, e os frutos que dali sairão. Para mim, é curioso: uma cerimônia para celebrar o amor entre duas pessoas e quem discursa é uma terceira, dedicada a uma vida celibatária. Acho tão mais autêntico quando casais escrevem os próprios votos, falam do coração enquanto olham nos olhos um do outro. Todo o resto é teatro. No meu casamento, será assim. Ou não. No momento em que critico o casamento alheio, me pego pensando e não consigo imaginar como será minha troca de votos com Rafael.

— O Robson é um cara de muita sorte. Olha só essa mulher! — diz Rafael, enquanto olha para a noiva do sócio com os olhos de uma criança cobiçando o novo brinquedo do amigo.

Passada a cerimônia religiosa, uma equipe de funcionários vestida com ternos pretos entra em ação para transformar a decoração do local em uma de salão de baile.

Ainda sinto o desconforto da água lamacenta que escorreu pelas minhas pernas e que agora pinica minha pele. Observo todos os convidados e pareço ser a única que não cabe na própria vestimenta. Talvez a única que parece não caber sequer na própria pele. Decido que, já que estou aqui, focarei a parte positiva de um casamento da alta sociedade — o open bar de champanhe. Hoje me darei esse direito. Primeira taça: bebérico devagar, cumprimento os sócios e suas esposas. Segunda taça: cumprimento outro grupo de amigos de Rafael e caminho pelo salão para encontrar mais pessoas. Aceno de longe para minha mãe que, é claro, também foi convidada para o casamento. Afinal, quem não foi convidado? Curitiba inteira parece estar aqui. Garçom, mais uma taça, por favor. A terceira, a quarta, a quinta. Bebo uma depois da outra, sempre com goles rápidos e desesperados, na espera de que o álcool faça seu papel. Já sinto o gosto azedo na boca. Os últimos goles descem como navalhas na garganta e precisam ser intercalados com curtas inspirações para manter inteira a costura do vestido.

Rafael me encontra no salão no momento em que tento manter uma conversa amigável com um garçom e me envolve em seu abraço, sempre determinado, me conduzindo até sua roda de amigos. Homens em um círculo e suas respectivas companheiras em outro. No grupo dos homens, se fala alto e há muita graça quando são intencionalmente grosseiros, proferindo xingamentos uns aos outros para contar vantagens sobre suas conquistas no mundo coorporativo e, claro, com as mulheres. Na roda feminina, comentamos sobre nossos vestidos e o tempo gasto no salão com a maquiagem. Não tenho nenhuma intimidade com essas pessoas, mas todas falam comigo como se fôssemos amigas de infância, comentam a presença de meus pais e dizem que puxei a beleza de minha mãe. Apenas aceno a cabeça em concordância enquanto sinto o álcool inundar meu cérebro, como se as várias taças de espumante tivessem resolvido fazer efeito no mesmo instante. As conversas no salão se tornam uma grande massa sonora misturada e desagregada e minha visão fica turva. Esboço sorrisos e me distancio com a desculpa de que preciso ir ao banheiro.

Caminho pelo salão em busca de uma saída para que eu possa respirar um pouco de ar puro. A chuva ainda cai torrencialmente. A equipe cerimonial fechou todas as janelas, e todos torcem para que o ar-condicionado dê conta de arejar o local. Sento-me na cadeira de uma mesa desocupada afastada do centro do salão. Peço a um garçom que me traga um copo de água. Sinto gotas de suor escorrerem pelo meio de minhas pernas e as presilhas que mantêm meu penteado no lugar cutucam meu couro cabeludo com uma maldade ofensiva. Só penso em ir para casa, soltar os cabelos e me deitar nua na minha cama.

Passo os olhos pela multidão de convidados e noto uma mulher sentada sozinha do outro lado do salão, lançando um olhar entediado ao balcão no qual são preparados os drinques. Ela usa uma maquiagem discreta e um vestido florido, solto, que a concede certa leveza e a faz destoar das outras convidadas. Esbanja uma beleza genuinamente natural. Fito-a demoradamente, talvez pelo efeito do álcool: minha atenção procura rotas de fuga.

Rafael me acena de longe. Minhas pernas estão pesadas, e preciso me apoiar no encosto da cadeira para me certificar de que não vou tropeçar. Volto para a roda e Rafael me puxa novamente pelo braço para cumprimentar os amigos dele. Com o excesso de champanhe, cumprimento a todos efusivamente, com abraços apertados, debruçando-me aos tropeços pela dificuldade em me manter equilibrada. Nem todos parecem aprovar a espontaneidade trazida pelo álcool. Riem desconfortáveis. Os que estão tão ou mais altos do que eu dizem coisas como "Rafael, controla essa sua mulher".

—Você está bêbada — diz Rafael entredentes, puxando-me para perto dele. — Não sei o que está acontecendo com você ultimamente.

Dou de ombros na tentativa de suavizar a situação.

—Você está sendo ridícula e está me envergonhando — repreende ele com um olhar que me atravessa como tiros de fuzil.

Um engasgo imediato machuca minha garganta e, quando sinto meus olhos arderem na iminência de lágrimas, me afasto novamente. Talvez mais algumas taças de espumante façam com que o tempo passe mais rápido e amenizem o nó que Rafael me deixou na garganta. Vejo um garçom com a bandeja cheia de taças, foco a mira e avanço em sua direção. No caminho, calculo mal o ângulo que deveria tomar para desviar de uma cadeira e tropeço. Antes mesmo de me dar conta de que estou caindo, ouço o som mortificante da costura se rasgando na lateral do vestido. Sinto como se tivesse acabado de perder todo o ar, sem a possibilidade de encher novamente os pulmões. Desejo que o chão se abra aos meus pés e me engula de uma vez.

Sinto mãos quentes me ajudarem a levantar.

—Você está bem?

Agora, sim, me sinto patética. Aquela mesma mulher que eu observava agora me ajuda em meu estado deplorável, bêbada e com um vestido que rasgou de tão apertado. Não consigo encará-la de tanta vergonha e apenas balanço a cabeça em negativa. Meus olhos novamente se enchem de lágrimas. Ela me ajuda a levantar e se coloca a meu lado, cobrindo com o corpo o rasgo do vestido; então, me envolve com um braço e me acompanha até o banheiro.

Ao chegar ao banheiro, tranco a porta. Corro até o espelho. Vejo as bochechas avermelhadas, o rímel borrado e os cabelos despenteados. Estou feia e gorda. Começo a chorar, esquecendo por um segundo o fato de que não estou sozinha ali.

— Você se importa se eu fumar aqui dentro? Com essa chuva toda não tá dando pra ir lá fora.

Respondo que não me importo. Ela abre a bolsinha de pano com estampa floral e tira uma carteira de cigarros mentolados. Vai até o outro lado do banheiro, abre a janela pivotante, deixando que algumas gotas de chuva entrem, e recosta-se na parede, parecendo não se importar em se molhar. A primeira tragada é rápida, para se certificar de que acendeu o cigarro, mas a segunda é bem mais longa. Ela vira o pescoço em direção à janela para soprar a fumaça. Vejo-a pelo espelho. Por um tempo que não sei precisar, esqueço minha angústia e observo a curva do seu ombro, do pescoço, da clavícula. A pele negra. Quando ela se volta para a frente, tento desviar o olhar o mais rápido que consigo. Peço desculpas por chorar e encolho os ombros, evitando fitá-la. Ela diz que não tem motivo para pedir desculpas e me estende algumas folhas de papel para que eu enxugue minhas lágrimas.

Meus pés estão me matando e sinto que estou muito bêbada. Giro o corpo, tomo impulso e me sento na pia. Mesmo com a janela aberta, a fumaça do cigarro ocupa todo o cômodo, mas isso não me incomoda. Sinto-me muito menos sufocada. É um grande alívio poder tirar as sandálias apertadas. A porta rústica de madeira abafa o som da festa, o que faz com que eu me sinta a quilômetros de distância do Castelinho do Batel.

Há algo na presença dessa mulher que atrai a atenção. A forma como exala a fumaça mentolada do cigarro, que, mesmo soprada em direção à janela, entra em meus pulmões e se espalha por todo o meu corpo, fazendo com que eu fume com ela.

— Luana — diz ela, quebrando o silêncio que criava enorme tensão dentro de mim.

— Amélia.

— Se quiser, eu peço emprestado o terno do meu amigo e saímos daqui sem problemas — diz ela. — Mas podemos ficar aqui o tempo que for preciso — acrescenta em um tom de compaixão. Não parece sentir pena de mim, o que abranda minha vergonha.

— Acho que ainda é cedo pra ir embora.

Seria muito ruim ter que pedir ao Rafael para sairmos. Isso com certeza o irritaria, e eu não quero mais constrangimentos.

— Podemos até ficar, mas você não parece estar se divertindo. Eu também estou achando esta festa um porre.

— É o casamento do sócio do meu noivo, tenho que ficar.

— Se você acha que deve… Eu já estou pronta pra chamar um táxi.

O cigarro dela está quase terminando.

— Posso fumar um também?

Ela assente, abre novamente a bolsa floral, me dá um cigarro e se aproxima com o isqueiro para acendê-lo para mim. Nunca coloquei um cigarro na boca. Não sei tragar. Sugo o filtro como se estivesse tomando um suco com canudo. Sinto o gosto áspero do tabaco, suavizado com a menta, e tusso três vezes por reflexo. Luana sorri. Parece se divertir com o fato de eu parecer uma adolescente de treze anos tentando ser descolada. Eu não sei por que pedi o cigarro. Talvez pela insaciedade que venho sentindo — a necessidade de colocar coisas para dentro. Talvez por estar regredindo à adolescência, já que a minha foi de tão poucas experimentações. Ou pela razão que me parece mais perto da verdadeira e que mais me causa inquietação: eu queria que ela acendesse um segundo cigarro.

— Se esse é o seu primeiro cigarro, é melhor não tragar. Apenas encha a boca com a fumaça — diz ela, enquanto abre a bolsa para pegar mais um para si. — E aconselho que você não fume. Faz mal à saúde.

—Você é convidada do noivo ou da noiva?

— De nenhum dos dois. Estou acompanhando um amigo que é convidado da noiva. Ele teve que deixar o namorado em casa. Eu não devia ter aceitado. Acho que ele devia ter vindo com o namorado. Já está na hora de as pessoas aceitarem isso com naturalidade.

—Também acho...

Concordo para que ela continue falando, mesmo que na minha cabeça eu estranhe a imagem de um homem acompanhado de outro em uma festa de casamento.

Ela me olha com desconfiança. Será que vacilei e mostrei o quanto não tenho uma resposta genuína? Será que mostrei o quanto faço parte daquele mundo fora do banheiro, do qual ela não faz? Meu coração acelera, tanto pela possibilidade de tê-la desagradado quanto pelo fato de estar muito preocupada em agradá-la.

Nossos cigarros terminam e Luana sai do banheiro prometendo voltar com o terno do amigo para que eu possa sair também. Quando a porta se abre, ouço o barulho das conversas e da música e me sinto aterrissar violentamente na realidade. O desconforto volta aos poucos a me sufocar. Me sinto alcoolizada de novo, e o gosto amargo do cigarro em minha boca agora se mistura ao azedo do espumante.

Luana retorna com o terno e, em vez de apenas me entregá-lo, se aproxima para me ajudar a vesti-lo. Pela primeira vez, noto o cheiro do seu perfume, levemente adocicado, misturado ao cheiro do tabaco, e sinto um frio na barriga.

—Você é muito séria.

Séria, eu? Deve ser apenas um reflexo de uma confusão interna que não sei nomear, um turbilhão provocado pela presença dela. Há algo nela, na forma como se move e fala, que me prende de uma maneira que não sei explicar, uma graça que parece flutuar ao seu redor. Algo que eu não compreendo.

— Acho que é porque mal consigo respirar com este vestido — respondo.

— Posso ajudar?

Antes que eu responda, ela coloca a mão por dentro do terno, alcança o zíper do meu vestido e o abre lentamente. Não abre tudo, apenas um pouco. O suficiente para que meus pulmões apreciem mais espaço para se expandirem. Nossos olhares se cruzam, e ela me fita. Seus olhos são amendoados e vivos, como se emitissem luz própria. Sinto-me vulnerável e encabulada. Percebo que minhas mãos estão suadas.

—Vamos dividir o táxi? — digo, decidindo que estou pronta para ir embora desta festa.

Capítulo 9

E aí, maninha! Já desembarquei em Curitiba e estou indo direto para o hospital. Almoço hoje?

A mensagem de Ariel fez Ana sentir que tinha visto o irmão pela última vez apenas uma semana atrás, e não dois anos atrás.

Às sete da manhã, a delegada já estava de pé e de banho tomado. Recepcionou a cuidadora, Mariana, que chegou pontualmente para atender dona Annika no novo endereço, do outro lado da cidade. A moça de riso frouxo estava no início de sua segunda década de vida.

— Bom dia, dona Ana — disse Mariana. — A dona Nika se comportou noite passada?

Ana apenas assentiu. Na noite anterior, a mãe chegara com um nível razoável de consciência. Perguntara do marido duas ou três vezes e logo se esquecera do assunto. Para o alívio de Ana, a mãe tinha por hábito ir bastante cedo para cama, e logo, sem maiores problemas, a primeira noite com a nova hóspede já havia passado.

— Às vezes ela é muito difícil. Temos que ter muita paciência, mas ela é uma senhora adorável — disse Mariana, abrindo um sorriso.

Ana concordou e relembrou uma cena que presenciou aos cinco anos, na qual Ariel, com catapora, ardia em febre e era acalentado pela mãe, que cantava uma canção de ninar polonesa.

— Alguma notícia do sr. Stefan?

— Está estável, mas permanece na UTI. — Ana observou o rosto preocupado da cuidadora. — Mas o Coronel é duro na queda. Seria preciso muito mais do que uma artéria entupida para derrubar o velho.

— Ele também é um senhor adorável. Sempre preocupado com a dona Nika. Nunca vi esposo tão cuidadoso.

Ana anuiu com um "Pois é".

Ficaram em um silêncio constrangedor por alguns intermináveis segundos.

— Bom, é melhor eu preparar as minhas coisas para quando a dona Nika acordar. Ela gosta de tomar banho antes do café da manhã. Pelo menos é assim nos dias em que ela acorda bem.

— Se você puder fazer uma lista de supermercado, Mariana... Eu não faço ideia do que a minha mãe deve comer e de como é a rotina dela.

— Claro! Não tem segredo. Basicamente: frutas e legumes para uma sopa. Também seria bom se você pudesse passar na farmácia e comprar o suplemento vitamínico, está acabando.

— Stefan! — gritou Annika do quarto.

— Acho que a nossa menina acordou — disse Mariana.

Ana rabiscou uma lista de compras e saiu de casa.

Desanimado, Júlio chegou à delegacia. O dia se iniciaria com mais uma infrutífera reunião — João Gabriel era um chefe que gostava muito de reuniões, principalmente porque era uma boa desculpa para cobrir o tempo ocioso, que havia gerado péssima repercussão na mídia. Desde então, todas as ações estavam sendo programadas com excesso de cautela. Na sala de reuniões, encontrou poucos integrantes do grupo. Outra característica daqueles encontros com a equipe era que não eram nem um pouco pontuais.

Estavam presentes na sala: Gilson, membro da polícia havia mais de dez anos, sem nunca ter se destacado em nada, e Davi, o perito do IML.

Davi era um homem de quarenta anos com expressão sempre séria e pesada. Júlio não sabia muito sobre sua vida, além do que todos comentavam na corporação. O médico patologista sempre fora bastante reservado, mas rolavam boatos de que enfrentava problemas com álcool e jogos de azar.

— Bom dia — disse Júlio, sorrindo, na tentativa de ser agradável.

Os dois apenas o olharam e responderam mentalmente — hábito comum entre os curitibanos.

Depois de quarenta e cinco minutos, a equipe de cinco pessoas estava completa, com exceção de João Gabriel, que demorou dez minutos a mais do que o restante.

— Bom dia, rapazes — disse o investigador-chefe à mesa composta apenas por homens. — Como foi o final de semana?

— Bom — responderam alguns, com preguiça até mesmo de jogar conversa fora.

— Espero que estejam todos com as baterias recarregadas.

Na primeira hora de reunião, os policiais sentados em torno da mesa oval relataram o conteúdo de suas entrevistas com os vizinhos e colegas próximos de Amélia. Não havia uma alma que pudesse sequer imaginar que um crime ocorrera naquela quinta-feira. Gilson, então, se levantou para repassar os fatos recolhidos até o momento:

—Vamos recapitular: segundo o registro de ponto da escola, Amélia saiu do trabalho exatamente às seis da tarde na quinta-feira, dia vinte de julho. Às seis e meia, estacionou o carro na garagem do seu prédio, segundo o relato do zelador, horário confirmado pelas câmeras de segurança do prédio. Às oito horas e três minutos, foi vista saindo de casa sozinha, sendo essa a última imagem que temos da vítima. Não foi possível ver Amélia nas câmeras de monitoramento da rua, o que nos leva a crer que ela entrou no carro de alguém. Nenhum dos vizinhos viu ou pode afirmar que isso aconteceu. O zelador disse que, naquele momento, não estava na guarita. Disse que sofre de intestino irritável e que vai muito ao banheiro.— Ele pausou a fala para esboçar um sorriso irônico para o restante da equipe.— O noivo, que é até aqui nosso principal suspeito, tem provas de que deu entrada na academia às sete da noite, e seu carro foi visto saindo do estacionamento às oito e meia. Mônica, a moça que dividia apartamento com a vítima, relatou em depoimento que chegou em casa por volta das oito e meia, porém, na câmera de segurança do prédio, podemos ver que o horário exato foi nove horas e sete minutos. Ela disse que estava fazendo hora extra no escritório e tem testemunhas para confirmar. Quanto aos familiares, tanto o pai quanto a mãe podem provar que estavam em casa durante toda a noite. O irmão havia viajado no sábado que antecedeu o crime.

— Não há nenhum outro suspeito? Ela podia estar se relacionando com outra pessoa? — questionou João Gabriel.

— Não encontramos nenhum celular. O computador foi analisado pela perícia e não foi de grande ajuda; ela o usava basicamente para redigir documentos relacionados ao trabalho e para assistir a vídeos de entretenimento. No trabalho, as colegas disseram que apenas conviviam com Amélia durante o expediente e que não sabiam dizer se ela se relacionava com alguém além do noivo. Também não sabiam dizer se ela possuía algum desafeto — finalizou Gilson.

Na meia hora seguinte, Davi passou slides com as fotos da perícia final e complementou que não fora encontrada nenhuma substância atípica no cadáver. Ratificou que a *causa mortis* foi esganadura e que não havia DNA que não fosse o da própria Amélia presente na cena do crime.

— Pela magnitude das lesões, podemos supor que o assassino é do sexo masculino. Vejam vocês, matar alguém por esganadura é algo que requer muita força física, pois o assassino deve manter a compressão do pescoço pelo tempo mínimo para causar asfixia, que gira em torno de alguns minutos. — Enquanto explicava, Davi encenava os movimentos. — Há um estrago imenso na anatomia do pescoço, a traqueia está totalmente deformada, e há fratura do osso hioide, como podemos ver nesses slides.

— Ainda não podemos afastar a possibilidade de a vítima ter sido abordada por um desconhecido na rua. Só Deus sabe quantos sádicos filhos da puta andam por aí à caça de mulheres desacompanhadas — afirmou Gilson.

— Acho pouco provável, mas não impossível. O fato de ela estar nua pode indicar um crime sexual seguido de morte, porém não foram encontrados vestígios de estupro. O assassino queria expor a vítima, humilhá-la. Aposto todas as minhas fichas em alguém com algum ressentimento pessoal.

A reunião, então, fragmentou-se em diversas conversas paralelas e burburinhos entre os colegas, que aventavam hipóteses para o caso. João Gabriel se levantou.

— Agora quero que prestem bastante atenção. — Ele pigarreou longamente. — O que acontece é que não conseguimos chegar a nenhum lugar satisfatório com a investigação. Na verdade, nem temos um nome para estampar como principal suspeito. Os bandidos lá fora não pararam de cometer crimes só porque estamos ocupados demais tentando solucionar o assassinato da filha do deputado Moura, e a pilha de casos por resolver está aumentando... — O chefe da investigação fez uma pausa dramática. — Sabe como é, temos que entender que temos recursos escassos para administrar um volume tão grande de trabalho.

Júlio estava decepcionado e enfurecido. Sentia-se impotente, mas não sabia o que fazer para mudar a situação. Os outros policiais pareceram não se importar.

— Chefe. — Júlio levantou a mão, aguardando autorização para falar. — Podemos chamar os suspeitos para depor novamente, se acharmos necessário?

— Que suspeitos, Júlio? Não temos prova contra nenhum dos familiares ou amigos que vieram depor. E, além do mais, acho que já desgastamos demais essa família com interrogatórios, não acha?

Júlio não achava.

— Se encontrar alguma coisa que justifique um novo interrogatório, traga até mim. Vou participar de todas as entrevistas daqui pra frente. — João Gabriel aprumou a silhueta corpulenta e afrouxou a gravata. — Por ora, continuem na procura por pistas sobre um possível amante. Se necessário, façam outra busca no apartamento. Vocês estão livres para usar a cabeça. Reportem a mim qualquer ideia que venham a ter. Faremos uma nova reunião ainda nesta semana. Estão dispensados.

Davi foi o primeiro a sair da sala apressado, seguido por outros dois policiais, Fábio e Juarez, que foram em direção à copa para um cafezinho.

— Ouviu a última do Davi? — sussurrou Gilson para Júlio, inclinando-se para manter o tom de quem estava prestes a iniciar uma fofoca. — O pessoal tá dizendo que ele deve ter ganhado uma bolada nas corridas de cavalo. Trocou de carro esta semana e tudo — continuou, sem se importar se Júlio estava mesmo interessado em tricotar com ele. — Um amigo meu do IML disse que o ouviu conversando com um corretor de imóveis sobre comprar um apartamento no litoral. Ele até me disse que estava exigindo que fosse à beira-mar, e de preferência uma cobertura.

— Que bom pra ele. Um dia se ganha, outro se perde — disse Júlio, já de pé.

Ele passou pela copa, onde toda a equipe se reunia para o café e para jogar um pouco de conversa fora, e foi ao arquivo em busca de uma cópia completa do relatório.

O arquivo era uma sala empoeirada que cheirava a mofo e papel velho. Era até grande, mas claustrofóbica devido à quantidade massiva de documentos e caixas. Escondida atrás de um balcão ficava Karina, sempre enfurnada com a cara no computador. Recém-saída da adolescência, ruiva e com muitas sardas no rosto, a jovem era uma das pessoas com quem Júlio mais simpatizava na delegacia.

— Ouvi dizer que o caso será arquivado — disse Karina, quando viu Júlio se aproximar do balcão.

— Não sei. Acho que é precipitado falar sobre isso. Tenho esperança de que vamos encontrar alguma coisa.

A estagiária colocou sobre a mesa uma pasta cheia de papéis.

—Você não teria, por acaso, uma cópia das gravações das câmeras de segurança do prédio em que Amélia morava? Se não for pedir muito... — Júlio abriu um sorriso charmoso que sabia que teria o efeito desejado.

— Tenho, sim. Vou lá pegar e já gravo em DVDs pra você. — Karina sorriu e mordeu o lábio inferior.

Karina era bonita. Júlio já tinha cogitado a possibilidade de chamá-la para sair, mas nunca tomara a iniciativa. Namorar pessoas que frequentavam o mesmo local de trabalho podia não ser a melhor ideia.

Sentiu-se tentado a ligar para Ana, mas mandou apenas uma mensagem de texto.

⌘

Ariel não tinha mudado muito. Talvez um pouco, mas com certeza a marca dos quarenta anos o deixara mais atraente. O cabelo loiro raspado bem rente ao couro cabeludo, os olhos azul-acinzentados e o sorriso frouxo o deixavam com um ar jovial. Era engajado em causas sociais, bem-humorado e ninguém diria que ele era mais velho do que a irmã.

— Estava com saudades, maninha — disse Ariel.

— Também estava. — Ana tomou um gole de chá gelado.

— Como estão as coisas em São Paulo?

— Tudo na paz. Adoro aquela cidade, com todos os seus defeitos. — Ele colocou as mãos na nuca e reclinou-se. — É sempre tão viva e tão frenética. Qualquer dia da semana pode ser uma caixinha de surpresas... Apesar de que eu sosseguei agora.

— Sossegado, você? Algum namorado novo?

— É, maninha, sosseguei. Estou apaixonado — disse Ariel, sempre com o sorriso largo no rosto.

Aqueles dentes que Ana sempre invejara e que nunca visitaram um ortodontista. Diferentemente dos dela, que passaram cinco anos com um esplendoroso apoio metálico.

— Apaixonado? Essa é nova, Ariel. Como ele se chama?

— Leandro — respondeu o irmão. Fez uma pausa dramática para tomar sua água. — Estamos morando juntos há um ano.

Ana apenas encarou o irmão, surpresa por ouvir pela primeira vez que ele estava apaixonado e descobrir que já estava praticamente casado havia um ano. Ficou magoada pela distância que se criara entre os dois e por ter demorado tanto tempo para que soubesse de coisas importantes como aquela.

— Eu nunca esperaria ouvir isso — disse Ana. — Meus parabéns, mano. Gostaria de conhecê-lo.

— Obrigado, maninha. Quem diria, né? Até eu consegui me ajeitar na vida. — Ariel sorriu na tentativa de descontrair o clima ao ver a chateação da irmã. — O Leandro até se ofereceu para vir junto comigo ver o papai, mas acho que isso faria o Coronel ter outro AVC.

A sexualidade de Ariel nunca fora aceita pelo pai, e a mãe nunca tomara uma posição clara a respeito. Tinha sido uma surpresa para todo mundo quando, aos vinte e três anos, o irmão se assumira para a família e decidira largar o emprego no banco, logo após receber uma promoção e um aumento de salário, para dedicar-se à fotografia, que sempre foi sua grande paixão. Ele fora expulso de casa de forma bem traumática e carregada de muita mágoa.

— E você, está namorando?

Ariel tentou quebrar o gelo com um dos únicos assuntos que Ana não gostaria que ele trouxesse à tona.

— Não. Eu não sirvo para essas coisas — disse Ana, dando o assunto por encerrado.

Depois que o garçom trouxe os pedidos, ficaram em silêncio até o fim da refeição.

⌾⌾⌾

Ana estacionou a TR4 em frente ao hotel, no Centro, onde Ariel reservara um quarto para os próximos três dias. Ela insistiu com ele para que ficasse em sua casa, mas ele disse que preferia não incomodar e que tinha certa paixão por cafés da manhã de hotéis. Despediram-se e combinaram de se encontrar à noite para que Ariel pudesse ver a mãe. Ana decidiu que só voltaria para casa às oito, quando Mariana estivesse indo embora. Sentia-se culpada, mas naquele momento sua casa era um lugar a se evitar.

A tela do celular alertava a chegada de duas mensagens de texto. Uma era de Júlio, que dizia:

```
Oi, chefe, como estão as coisas? Sua liderança está fazendo falta aqui na delegacia.
```

Ana sentiu um vazio no peito, porque ultimamente não conseguia se sentir líder de nada. Deixou para lhe responder outra hora. Não gostava de conversar por mensagens e não queria ligar para Júlio naquele momento.

A segunda mensagem era de André:

O Coronel está bem e já recebeu alta da UTI. Daqui a pouco vai descer para a enfermaria.

Três horas depois, Ana estava novamente retirando sua etiqueta de visitante na recepção do hospital. Dirigiu-se ao elevador, na frente do qual vários médicos e estudantes com seus jalecos brancos aguardavam para subir.

— Olá, delegada — disse o médico, com a voz calma.

Reconheceu Gustavo, irmão de Amélia, que também aguardava o elevador. Ana nunca o tinha visto pessoalmente, apenas por foto. Durante as investigações do desaparecimento da irmã, ele estava nos Estados Unidos.

Gustavo era jovem. Devia ter a mesma idade de Júlio. Era bastante alto, tinha ombros largos e olhar penetrante. Era, sem margem para contestação, um homem muito bonito. Em nada lembrava Luís Henrique, com sua carranca. Havia herdado todos os traços suaves de Maria Célia.

—Visitando alguém? — perguntou o rapaz.

— Oi, Gustavo. Meu pai está internado na enfermaria — disse Ana.

— Espero que não seja nada muito grave. Alguma coisa cirúrgica?

— Foi um AVC, mas acredito que o pior já tenha passado — comentou ela, cruzando os braços. — E você, já retornou às atividades aqui no hospital?

— Sim. Trabalhar me faz encarar melhor o luto. Não tem sido fácil, sabe? — Ele crispou os lábios.

O elevador, logo que chegou, foi congestionado por jalecos brancos. Gustavo entrou com os colegas e segurou a porta para Ana.

— Acho que vou de escada — disse a delegada.

— Tudo bem, nos vemos por aí. Se precisar de qualquer ajuda com seu pai, você pode me procurar no hospital. Eu nunca saio daqui. — Gustavo abriu um sorriso muito branco e alinhado.

Ao entrar no quarto, Ana não reconheceu o senhor deitado na cama hospitalar. Estava emagrecido, pálido, e a tez tinha um aspecto emborrachado.

— Ele estava acordado até agora e perguntou por você. Perguntou muito pela mamãe, também — disse André, com uma expressão cansada.

— Fico feliz que ele esteja melhor. Pena que não estive aqui com ele acordado.

Ana ficou ao lado do leito do pai e sentiu-se nauseada. Favia nove anos que evitava hospitais, com seus monitores que apitavam sem parar e o cheiro da morte camuflada com antissépticos.

— Vou indo nessa. Preciso buscar as crianças no colégio. Você fica até as sete, certo? Assim me dá tempo de tomar um banho e comer algo decente em casa. Depois volto para pernoitar. Acredito que o Ariel vai ficar amanhã. Você chegou a falar com ele?

— Almoçamos juntos hoje, mas não chegamos a conversar sobre o cronograma das visitas. Qualquer coisa, amanhã ele fica com a mamãe e eu durmo aqui no hospital — sugeriu Ana.

— Bom, organizem-se — disse André, colocando seus pertences no bolso.

Durante a maior parte do tempo, o Coronel permaneceu plácido. Por um momento, acordou, averiguou o quarto com um olhar vazio, viu que a filha caçula estava sentada na poltrona ao lado da cama e pareceu relaxar. Voltou a fechar os olhos. Foi acordado novamente pela fisioterapeuta que passava de quarto em quarto para realizar a mobilização dos pacientes e também exercícios respiratórios. Ana acompanhou de longe, aflita com a fragilidade do pai. Não era fácil ver aquele homem, que ela considerava um dos mais casca-grossa, tão pálido e cansado após um esforço que consistia em assoprar um canudo dentro de uma garrafa pet cheia de água.

Às oito e dez, Ana chegou em casa com as compras que Mariana a orientara a fazer. A cuidadora aguardava sentada no sofá da sala, já com a bolsa embaixo do braço.

— Que bom que a senhora chegou. Fiquei com medo de perder meu ônibus.

— Desculpa. Me atrasei durante a troca de acompanhantes lá no hospital.

— Sem problemas — disse Mariana, sorrindo. — Deixei na porta da geladeira o cronograma da dona Nika e algumas dicas. Qualquer dificuldade que você tiver, pode me ligar.

Ana despediu-se da cuidadora e trancou a porta. Espiou de longe a porta do quarto de hóspedes e percebeu que a mãe assistia à televisão. Tomou tempo ao guardar as compras na cozinha. Pegou uma taça no armário, abriu a geladeira e tirou a garrafa de vinho que tinha sido aberta na véspera. Sentou-se à bancada da cozinha para ler o documento impresso que Mariana havia deixado.

7:00 — Banho; troca de fraldas — usar Nistatina em caso de assadura.

8:00 — Verificação da pressão arterial e glicemia capilar; Remédios: Captopril 1cp., Hidroclorotiazida 1cp., Anlodipino 1cp., Omeprazol 1cp., Metformina 1cp., Glibenclamida 1cp., Memantina 1cp. e Fluoxetina 1cp.;

8:30 — Café da manhã: 1 mamão papaia amassado com aveia + 1 xícara de chá de ervas morno.

10:00 — Exercícios de fisioterapia;
Lanche da manhã: 1 ovo cozido amassado.

12:00 — Remédios: Captopril 1cp., Metformina 1cp., Glibenclamida 1cp., Ácido Acetilsalicílico 1cp.
Almoço: sopa de carne ou frango com legumes;

15:00 — Caminhada ao ar livre, se houver disposição;
Lanche da tarde: purê de fruta + suplemento vitamínico;

18:00 — Jantar: sopa de carne ou frango com legumes;

20:00 — Captopril 1cp., Metformina 1cp., Glibenclamida 1cp., Memantina 1cp.
Ceia: iogurte diet.
Antes de deitar: Clonazepam 5gts. Obs.: usar até 15 gotas em caso de agitação.

Ana tomou três goles de vinho no mesmo fôlego e debruçou-se na bancada da cozinha. Um cansaço estarrecedor a abateu. Era completamente ignorante em relação à saúde da mãe. Não fazia ideia de que ela precisava tomar aquela quantidade enorme de medicações. Sem contar o embrulho no estômago que sentiu ao ler "troca de fraldas — usar Nistatina em caso de assadura". Devia ser a mais ingrata das filhas. Quantas vezes será que a mãe havia trocado suas fraldas quando bebê? Ou passado pomada quando havia assaduras? Parecia duro demais retribuir.

Prendeu o cronograma na porta da geladeira com um ímã de pinguim. Serviu o restante do vinho até a última gota e se dirigiu ao quarto de hóspedes sentindo um peso enorme nas pernas a cada passo.

A mãe estava de pijama e vestia por cima um robe cor-de--rosa. Assistia à novela bastante compenetrada, não dando atenção à entrada da filha no quarto.

— Oi, mãe. Como a senhora está? — disse Ana, sem jeito.

Dona Nika olhou para a moça ao seu lado de cima a baixo com ar de reprovação.

— Estou bem, oras. — Soou incomodada por ter sido interrompida no meio de sua novela. — E por que é que você está bebendo em pleno expediente de trabalho? Onde está o Stefan?

— O papai está no hospital, mãe. Eu te falei ontem, lembra? — respondeu Ana, sentindo os olhos arderem.

Dona Nika a fitou com olhar vazio e ficou muda. Era aquilo que ela fazia quando parte dela se dava conta de que seu cérebro era confuso. Voltou o olhar para a novela. Assistia à televisão passivamente, como se só visse as imagens passarem sem realmente entender a que assistia.

Ana se sentou na poltrona ao lado da cama e observou a mãe por alguns instantes. Pensou na possibilidade de ter que trocar suas fraldas já na primeira noite. Afastou aquela ideia — certamente a troca poderia esperar a chegada da cuidadora pela manhã.

A fragilidade de dona Nika também a abatia. Ela admirou os cabelos brancos e bem escovados da mãe e lembrou-se de que um dia foram uma vasta cabeleira dourada.

— A senhora está com fome? Quer um chá?

— Não.

Naquele momento, Annika estava no estado monossilábico. Parecia incomodada por não saber com certeza quem era a mulher sentada ao seu lado.

Após duas horas e cinco gotas de Clonazepam, dona Nika dormia tranquila. Ana ajeitou as cobertas e afagou os cabelos da mãe com o desejo de que ambas tivessem uma noite tranquila de sono. Reclinou-se e sentiu o perfume do xampu. Deu um beijo na testa dela e saiu do quarto após desligar a televisão.

Voltou à cozinha para beber mais vinho. A tela do celular brilhou com uma vibração na bancada. Em poucos instantes, vibrou novamente. Duas mensagens de Júlio foram exibidas na tela inicial.

`Reunião frustrante hoje. Algo não cheira bem. Tenho quase certeza de que o caso vai ser arquivado novamente.`

`Falhamos.`

Com o celular na mão, Ana digitou uma resposta. Odiava o fato de estar afastada do caso, estava frustrada por ver sua carreira ir por água abaixo. Hesitou com o dedo sobre o botão de enviar. Fechou o aplicativo de mensagens, colocou o celular em modo avião e levou a taça de vinho até a boca.

Capítulo 10

Se há menos de um mês alguém me contasse o que eu estaria fazendo hoje, eu provavelmente teria dito que a pessoa enlouqueceu.

Luana e eu estamos em um táxi, indo para uma festa. Ela conversa com o motorista sobre algum assunto relacionado à atual situação política do país. Não sei como, mas a conversa já passeou por temas como pena de morte, aborto e leis trabalhistas. Não presto muita atenção. Nunca fui boa em manter conversas com pessoas que não conheço. Vez ou outra, percebo o motorista nos observando pelo retrovisor com uma curiosidade maliciosa.

Curitiba sabe ser bonita em um sábado à noite. O asfalto úmido reflete as luzes dos carros apressados. Uma mistura de cores vibrantes iluminadas em estilo noir. O Centro borbulha com aglomerados de pessoas tomando cerveja em pé ou sentadas no meio-fio em frente aos bares.

Não sei o que me espera nesta noite em que menti para Rafael pela primeira vez. Disse que ficaria em casa e assistiria a algum filme, sabendo que qualquer desculpa funcionaria. Mas, de qualquer forma, sempre me sinto aflita ao mentir.

Estamos nos afastando muito do Centro. Mais do que eu gostaria.

Depois que saímos do casamento no Castelinho do Batel, Luana e eu trocamos telefones e tivemos algumas conversas esporádicas. Toda vez que recebia uma mensagem dela, eu sentia minhas bochechas esquentarem. E, quando não recebia, ficava impaciente e desconcentrada. Hoje ela escreveu me convidando para uma festa na casa de um amigo da companhia de teatro. Depois de andar pela casa diversas vezes, do quarto para a cozinha e vice-versa, então para o banheiro e novamente para a cozinha, aceitei o convite.

Pegamos a rodovia 277 em direção a São José dos Pinhais, município vizinho para onde eu raramente vou, exceto a caminho do aeroporto. Ter aceitado vir a essa festa foi um passo tão grande em direção ao desconhecido que eu simplesmente não cogitei perguntar onde ela aconteceria.

O táxi adentra um bairro ermo, cheio de terrenos baldios e pouquíssimas casas. Sinto-me insegura, tanto pelo lugar ser estranho e longe da minha casa quanto pelos olhares predatórios do motorista.

— É aqui. Na casa com portão branco — diz Luana ao taxista.

Meu Deus. Onde eu fui me meter? Estamos no meio do nada. E eu já conseguia escutar o bate-estaca uma quadra antes de chegarmos.

Luana e eu rachamos a corrida. O taxista estende um cartão para cada uma de nós, com o número de telefone para quando quisermos voltar. Asseguro-me de guardar bem o cartão. Saio do táxi com as mãos suadas. Acompanho as luzes traseiras do carro enquanto ele se afasta até virar a esquina; não dá mais tempo de acenar e voltar para casa.

Luana toca a campainha da casa várias vezes. Acho difícil que alguém ouça, com a música lá dentro em um volume ensurdecedor.

— Que cara é essa? — pergunta Luana.

— Nada.

—Tá com medo, né? Relaxa.

— Não vou mentir que não estou.

— Escuta... — Ela me fita. — Confia em mim. Eu não ia te trazer pra uma roubada. Confia?

Esses olhos amendoados...

— Confio.

Uma menina que aparenta ter a idade de Luana abre a porta. Está usando shorts jeans curtos, uma blusa branca com estampa neon e óculos escuros — apesar de ser noite. Tem em uma das mãos um pirulito e na outra um copo de refrigerante, provavelmente misturado com vodca.

— Que demora! — diz a garota, girando o pirulito na boca com uma das mãos e usando a outra para puxar Luana para dentro da casa.

— Jaque, Amélia. Amélia, Jaque — apresenta Luana.

— Prazer. — Aceno.

— Namorada nova? — pergunta Jaque.

— Não. Amiga — responde Luana, que aparenta não sentir o mesmo constrangimento que eu com a pergunta.

Jaque toma seu tempo para me olhar de cima a baixo. Não consigo ver seus olhos por conta dos óculos escuros, mas aposto que o olhar é muito parecido com o do taxista que acabou de nos deixar aqui.

— Deixa a menina em paz, Jaqueline — diz Luana, me puxando pela mão para dentro da casa.

O bate-estaca é ensurdecedor. Nunca em um milhão de anos eu me imaginaria em uma festa como esta. Penso no que o Rafael faria, se estivesse aqui. É certo que nem sequer entraria.

Luana me apresenta a seus amigos, que estão espalhados pela casa. Na sala de estar, um grupo conversa sobre assuntos diversos, com cigarros e cerveja. Dois meninos se sentam no chão para nos dar espaço no sofá velho com cheiro peculiar que me faz pensar se não seria melhor me sentar no chão também.

— Pessoal, esta é a Amélia. Amélia, esse é o pessoal.

Cumprimento a todos com um aceno tímido. Não sei se deveria cumprimentar um a um. Dar a mão ou um beijo no rosto. Não sei nem o que eu estou fazendo aqui.

— Lu! Estamos numa discussão polêmica — diz um dos meninos.

— Polêmica? — Luana ri. — Então, antes de me contar, me alcança um cigarro.

O rapaz sentado de frente para nós pega uma carteira com estampa vermelha, retira um cigarro com filtro amarelo e o entrega para Luana juntamente com um isqueiro. Luana acende o cigarro e faz uma careta ao tragar. Sopra a fumaça e lança o isqueiro de volta. Esse não tem cheiro de menta — é apenas fedorento, bem como aquele sofá.

Eles debatem tudo o que se pode imaginar, disputando com o som da música. A energia das vozes faz a sala vibrar. É revigorante a quantidade de citações de autores brasileiros que até agora eu mesma não conhecia. Diretores iranianos, chineses, belgas. Surge de tudo. Estou muito longe de sentir que faço parte deste grupo, mas, ao mesmo tempo, me sinto confortável. Tento ao máximo relevar o fato de que, enquanto conversamos, um cigarro de maconha circula pela roda.

Ao prestar atenção nas conversas, entendo que nem todos fazem parte da companhia de teatro da Luana. Sou apresentada a um enfermeiro, a um engenheiro e a uma socióloga. Só Deus sabe como a vida juntou gente tão diferente.

— Precisamos criar uma peça para a companhia com algum tema que incomode... Que provoque a "família tradicional brasileira", sabe? — diz uma menina sentada no mesmo sofá que a gente, fazendo aspas no ar com os dedos.

— Isso não é nada difícil — responde Luana, esticando o braço para alcançar o baseado que era passado de mão em mão. — Tudo o que é diferente do que eles conhecem incomoda.

— Devíamos fazer alguma coisa nas ruas. Já pensou... uma manifestação em frente à Câmara dos Deputados? Eu adoraria esfregar na cara daquele Luís Henrique Moura um beijaço gay. Vocês viram as últimas declarações dele na televisão? O cara é um ignorante.

Luana me olha para se certificar de que eu não me importo com o comentário. Assinto, afirmando que está tudo bem.

— Coitada da sua amiga, Lu. Tá deslocada aí no canto — comenta Jaque ao entrar na sala. — Essa conversa aí tá muito chata. Vocês não sabem falar de outra coisa, não? Bora lá pra fora.

Luana e eu nos demoramos no sofá enquanto os outros seguem a liderança da menina de óculos escuros para a área externa da casa.

— Não dá bola! Tem uma energia muito grande neles. É por isso que fazemos teatro. Para poder expressar tudo o que temos dentro da gente e que precisa ser visto pelos outros.

— Eu acho interessante. É diferente de qualquer tipo de festa que eu já frequentei.

Pelo menos pude ouvir uma citação de Simone de Beauvoir, e não a última novidade no mundo do empreendedorismo. As novas técnicas para manter a alta performance no mundo coorporativo. Foco na ação e no resultado. Essas coisas que o Rafael e os amigos repetem incessantemente.

— O pessoal aqui pode parecer radical às vezes, principalmente nessas discussões em grupo. Eu gosto das coisas mais leves, sem muito julgamento e sem extremismos — diz Luana ao soprar a última tragada e jogar o filtro dentro de um copo descartável entupido com outras bitucas. — Mas agora vem! Vamos dançar.

Ela se levanta e me puxa pela mão.

— Eu não sei dançar esse tipo de música!

Mesmo hesitante, deixo que ela me leve. O bate-estaca vem da churrasqueira, que nada mais é do que uma meia-água, separada da casa principal por um gramado. Há uma piscina de plástico, daquelas infláveis. Algumas pessoas estão debaixo da construção, outras dançam no gramado. Várias delas usam óculos escuros. Penso que deve ser uma moda atual. Vejo que pelo menos dois caras dançam sozinhos e encaram o céu, quase em transe, na batida da música.

Dentro da meia-água, as luzes estão apagadas, com exceção de uma lâmpada de luz negra colocada no centro e de um globo giratório de luzes coloridas. Há também uma máquina de gelo-seco, que cria uma atmosfera miasmática. Luana, quando entra, larga minha mão. Já está envolvida com a música e dança com os amigos em uma roda. Não sei o que fazer, então retiro uma cerveja de um cooler cheio de gelo e ensaio um-passo-para-um-lado-e-um-passo-para-o-outro com a desenvoltura de um boneco de Olinda.

Luana dança como se fosse esse o estado natural de seu corpo: fluido. Os movimentos dão sentido às batidas desconexas. Junta-se a um menino que há pouco estava beijando outro menino. Os dois começam a dançar com os corpos colados, olhos nos olhos. Luana abre um sorriso saliente. Vejo ele roçar os lábios em seu pescoço. A ideia de que vou vê-los dar uns amassos me deixa com as pernas bambas. E… acontece. Os dois se beijam bem na minha frente! Mas ele não era gay? Dou um gole violento na cerveja, sentindo dor quando ela passa pelo esôfago. Sinto-me ofendida por ter presenciado essa cena, ao mesmo tempo em que estou confusa e tento entender por que isso me afeta. Volto ao gramado, onde estão as pessoas que dançam para a lua.

— Oi, gata, veio se juntar a mim? — pergunta um menino de óculos escuros com aro rosa-neon.

—Vim tentar entender sua dança solitária.

— Solitária? Você viu a lua hoje? Ela tá dançando comigo. Se você tomar a mesma coisa que eu tomei, vai entender.

Eu devia ter imaginado que toda essa conexão com a lua tinha a ver com entorpecentes. Deixo-o com sua parceira de dança e entro para pegar mais cerveja. Luana ainda dança com os amigos. Alguns fazem passos coreografados que eu desconheço.

Bebo a segunda cerveja com um pouco mais de velocidade para ver se a terceira ameniza minha vontade de ir embora.

— O que você tá fazendo aí nesse canto sozinha?

É Jaque, novamente com um pirulito na mão e um copo cheio de um drinque verde na outra.

— Sou mais de observar do que de dançar.

— Besteira! Daqui a pouco você se solta. — Ela aperta bastante a mandíbula enquanto fala. — Me conta mais de você. Você faz o que da vida?

— Sou professora de literatura. Dou aula para o ensino médio — digo, com a certeza de que ela vai ficar entediada.

— Sério? Que legal. Não sou muito de ler, mas eu gostaria de gostar.

— É uma questão de hábito. Tenho certeza de que, se te apresentarem os livros certos, você vai gostar.

— Talvez você possa me indicar alguns — diz ela, se sentando ao meu lado sobre a mesa organizada ao estilo das festinhas de colégio em que os meninos levam as bebidas e as meninas, as comidas, e tudo é dividido. Só que hoje não há comida. Apenas pirulitos, carteiras de cigarro e garrafas de água.

— Claro. Você pode começar com Machado de Assis, por exemplo. É um clássico da nossa literatura e por isso todo mundo fica com um pé atrás. Mas, se você for com o coração aberto, vai ver que isso é besteira. Os grandes clássicos um dia foram escritos para serem lidos pelo grande público.

Jaque ri.

— Já te entediei, né? Meus alunos deixam isso bem claro sempre.

— Não entediou, não. Sorri porque achei uma graça o teu entusiasmo. Prometo que vou ler, tá? — Ela sorri. — Como você e a Luana se conheceram?

— Em um casamento... do sócio do meu noivo. Ela me salvou de uma situação.

— Noivo? Você é hétero, então. Uma minoria nesta festa. Estava torcendo para que fosse solteira. — Jaque levanta os óculos escuros e me encara com as pupilas bastante dilatadas. —Vou cuidar para não me apaixonar. Meninas hétero são dor de cabeça garantida!

Não tenho como ter certeza, mas provavelmente minhas bochechas estão vermelhas.

— Nada contra héteros. Tenho até amigos que são — completa ela, rindo.

— Para de alugar a menina, Jaqueline! — intervém Luana.

— Não tô alugando ninguém, não. Estávamos falando de literatura! — diz Jaque, erguendo as mãos como quem se rende.

— Não cai na dela, não, Mel.

— É toda sua, chefe — responde Jaque, que pula da mesa e se junta ao resto da turma.

Luana toma o lugar de Jaque, alcança dois pirulitos na mesa e me oferece um. Aceito em silêncio.

— Não tá gostando da festa? — pergunta Luana.

— Minha cara entrega tanto assim?

— Um pouquinho só. — Ela me olha com interesse. — Alguns aqui podem parecer não ter nada na cabeça, mas são todos do bem e gostaram de você.

— Duvido. Eu sou muito careta para estar aqui.

Luana dá de ombros e pega a cerveja da minha mão, dá um longo gole e me devolve a garrafa.

— Só é diferente do que você está acostumada.

—Vocês lá dentro, fumando maconha... O menino lá fora estricnado, dançando com a lua...

— Tudo bem. Você não precisa concordar com nada disso, mas não precisa se incomodar tanto, também. Você foi muito protegida pelos seus pais! — Luana parece achar graça.

Por um segundo, eu a detesto. Estou em uma festa muito esquisita por causa dela. Viro plateia para ela ficar aos beijos com outra pessoa e ainda tenho que ouvir que fui muito protegida pelos meus pais. Deixo de lado a cerveja, que já está quente, e abro a bolsa para procurar o cartão do táxi.

— Desculpa se te ofendi. Não foi minha intenção. — Ela segura minha mão que remexe a bolsa. — Ser protegida pelos pais não é ruim, mas você não precisa se fechar para pessoas que levam uma vida diferente da sua.

A minha mão na dela, de novo. Sinto minha palma ficar gelada e meu rosto pegar fogo. Não consigo detestá-la por mais tempo. Mas talvez devesse.

— Acho melhor eu ir embora.

— Tem certeza?

Balanço a cabeça em afirmativa. Ela me lança um olhar inquisidor. Não consigo decifrar se ela quer que eu fique ou não. Mas Luana não se pronuncia, me acompanha até o lado de fora da casa e fica comigo até o táxi chegar. Nós nos sentamos na varanda, ela com um cigarro e uma cerveja e eu, abraçada com minha bolsa. O tempo se dilata, e fico nervosa ao pensar que devo puxar algum assunto, mas todos os pensamentos me escapam. Ela parece despreocupada. Talvez não queira conversar comigo. Só agora pode ter se dado conta de que não sou uma pessoa interessante, de que não posso pertencer a seu universo. Tento detestá-la mais uma vez.

Quando o táxi chega, Luana me beija rápido na bochecha. Quando entro no carro, vejo que ela já voltou para a casa.

Penso que ela não está nem aí, mas eu ainda sinto seu beijo em meu rosto.

∞

Abro a porta de casa com os sapatos na mão e ando na ponta dos pés para não acordar Mônica. Não era necessário: logo percebo o apartamento vazio, com a porta do quarto aberta e a luz apagada. Vou direto para o banheiro, tiro a roupa e jogo tudo no cesto de roupa suja. Lavo o rosto para tirar a maquiagem e para ver se também consigo lavar a sensação de embaraço.

Sigo para a cama com as luzes do quarto apagadas, mesmo não tendo um pingo de sono no corpo. Penso em abrir algum romance, mas vai ser impossível me concentrar em qualquer leitura. Em minha cabeça, revivo a festa como um filme — as cenas de Luana dançando, rindo e fumando passam em loop. Viro de um lado para o outro como se a cama tivesse espinhos.

Pego o celular e os fones de ouvido. Agora, deitada de barriga para baixo, enterro a cabeça no travesseiro ao som de "Ainda bem", de Marisa Monte. Na minha cabeça, Luana dança e beija aquele rapaz. Substituo a imagem do rapaz pela minha. Agora são meus lábios que tocam os dela. Ofegante na cama, sinto minhas mãos suadas. Agarro o lençol e forço o quadril contra a cama, apoiando os joelhos com força. Meu corpo está quente como se eu estivesse com febre. Beijo Luana enquanto dançamos. Aperto mais ainda meu quadril. Aperto o lençol com tanta força que sinto minhas unhas machucarem a palma da mão. Meus lábios formigam com o desejo de beijá-la. Estou suada e aumento o ritmo do quadril, forçando ainda mais os joelhos contra a cama. Estou prestes a ter um orgasmo.

Mônica bate a porta da frente e esbarra em uma cadeira na cozinha.

O susto funciona como um balde de água gelada. Permaneço imóvel até escutá-la entrar no quarto. Desligo a música, espero mais um pouco e vou até o banheiro jogar mais um pouco de água no rosto.

Capítulo 11

Júlio desligou o aparelho de rádio do Gol bolinha logo que ouviu a vinheta de abertura da *Voz do Brasil*. Estava preso no engarrafamento da avenida José de Alencar. Uma semana após a reunião, o chefe, João Gabriel, o havia chamado em sua sala para informá-lo de que, apesar de o caso não estar totalmente arquivado, houvera um corte no orçamento. Mais da metade da equipe fora dispensada — Júlio inclusive. Durante o dia, tinha cuidado de serviços burocráticos e arquivado documentos. O caso já não repercutia tanto na mídia. As pessoas estavam quase convencidas de que Amélia fora vítima de um maníaco anônimo, como muitas outras jovens. Mesmo que o perfil de tal crime não se encaixasse no caso da filha do deputado, todos os outros caminhos eram becos sem saída. Os principais suspeitos tinham álibis fortes, e a análise forense não tinha sido capaz de identificar nenhuma pista ou traço de outro DNA que não o da jovem.

Apesar de ser um horário de tráfego intenso, o movimento no trânsito estava anormal. *Provavelmente é algum acidente*, pensou Júlio. O silêncio do carro estava claustrofóbico e, pela enésima vez, arrependeu-se de não ter investido em um aparelho de som CD player, que, inclusive, já se tratava de algo ultrapassado. Poderia comprar um aparelho com entrada USB, emparelhamento Bluetooth e tantas outras funções. Desbloqueou o celular, como fazia de forma automática a cada cinco minutos havia uma semana, para olhar suas mensagens. Nenhuma resposta de Ana. Jogou o celular no banco do carona e prometeu a si, como também vinha fazendo na última semana, que não se importava. Após uma hora completamente parado, o trânsito voltou a fluir e, depois de duas quadras, Júlio pôde ver um tapete de estilhaços de vidro espalhados pelo asfalto. Os carros já haviam sido retirados e não havia nenhuma vítima no local. O que quer que tivesse acontecido ali devia ter deixado alguém muito machucado.

 Ao chegar à quitinete, Júlio pendurou as chaves do carro e da casa, cada uma em seu respectivo porta-chaves. Dirigiu-se à geladeira e pegou as primeiras cinco coisas que seus olhos vislumbraram. Para a maioria das pessoas, pepino, maionese, macarrão do dia anterior, ovos e presunto não formariam a melhor combinação para um jantar. Mas Júlio não era a igual à maioria das pessoas quando o assunto era comida. Comia de tudo, a qualquer momento, e sempre em grandes quantidades. Misturou o macarrão com o presunto, o pepino e a maionese e fritou três ovos para acompanhar. Se sua mãe visse os arranjos gastronômicos que ele preparava com frequência, teria um faniquito e desataria um longo sermão.

 Levou o prato até sua sala/quarto e ligou a televisão para ter companhia. Ligou bem no momento da novela em que o vilão, um galã de olhos azuis vestido com terno e gravata, estava sozinho em seu escritório recitando em voz alta seus pensamentos e vangloriando-se por ter conseguido enganar a todos e ser a última pessoa de quem todos os trouxas desconfiavam. A cena congelou com uma trilha sonora de suspense quando, de repente, outra personagem revelou saber de tudo e disse que seu silêncio tinha um preço. Claro que sempre existia alguém que conhecia o verdadeiro lado do vilão. Júlio era um jovem de gostos simples e apreciava novelas, apesar de que jamais admitiria aquilo para outra pessoa, nem mesmo se tivesse uma arma engatilhada encostada em sua têmpora.

O jornal começou, e, antes que os âncoras anunciassem as manchetes do dia, uma notícia de última hora:

Interrompemos nossa programação com uma notícia de última hora. Hoje, por volta das sete da noite, em Curitiba, ocorreu um grave acidente de trânsito envolvendo o filho do ex-prefeito da cidade. Segundo testemunhas, Amauri Bardini, de apenas dezenove anos, estava alcoolizado e dirigia em alta velocidade. Ao ultrapassar o sinal vermelho, colidiu com a lateral de um táxi que passava pelo cruzamento. O rapaz foi levado para o Hospital do Trabalhador, onde aguarda transferência, porém seu quadro é estável e ele não corre risco de vida. O taxista, Edivilson dos Santos, de trinta e um anos, pai de três filhos, morreu na hora. A qualquer momento traremos mais informações sobre o acidente.

Júlio terminou sua refeição sem prestar atenção ao restante das notícias. Pensou em como seria a vida dos filhos de Edivilson dos Santos sem a presença do pai. E o que aconteceria com Amauri Bardini? Júlio apostava que, no máximo, teria que desembolsar algumas cestas básicas.

Lavou o prato e a frigideira que usara. Nunca deixava louça suja acumular. Pensou que ainda era cedo e poderia chamar Karina para sair. O dia seguinte era sábado e não tinha que levantar cedo.

O celular vibrou no bolso da frente da calça. Com calma, terminou de enxaguar toda a louça e a organizou no escorredor. Secou as mãos com o pano de prato e então pegou o aparelho.

Em que pé anda a investigação?

Após um suspiro involuntário e um frio na barriga, Júlio respondeu à mensagem dizendo que não fazia mais parte da equipe e que a investigação seguiria para a gaveta.

Aguardou a resposta, observando o celular por alguns segundos até a tela mudar para o nome Ana. Júlio atendeu.

○━○

— Ah, não! *Voz do Brasil* ninguém merece — disse Ariel, que conectou seu celular no equipamento de som da TR4. — Baixei o set novo de um DJ que tá fazendo o maior sucesso. Você gosta de música eletrônica?

— Não — respondeu Ana, girando o botão do volume para o mínimo.

— Ah, qual é? Não dá pra ficar sem música. Vou deixar baixinho, ok?

Ana assentiu, conformada.

— Estou feliz que você esteja indo lá pra casa.

— Eu também estou feliz... que não vou mais gastar com hotel e comida.

— Ah, fala sério! — disse Ana, dando um soco de força intermediária no braço do irmão.

— Isso doeu, merda! Era brincadeira — disse Ariel, esfregando o local.

O fluxo para a avenida Visconde de Guarapuava estava intenso como de costume para quem trafegava no sentido do Portão naquele horário, mas totalmente parado do lado oposto.

— Deve ter acontecido algum acidente — comentou Ana.

— Será? Lá em São Paulo o trânsito é sempre assim. Por isso não tenho carro.

— E como você se desloca lá?

— De metrô, né? Ônibus, táxi, Uber... Ando bastante de bicicleta também.

— Engraçado... Pra mim, isso é difícil de imaginar. Estou tão acostumada a andar de carro.

— É só mais um bem material que as pessoas acreditam ser indispensável, mas não é.

— Invejo você, Ari.

Ariel apenas respondeu com um sorriso manso. Quando o trânsito passou a fluir melhor, tocou no assunto que tentava evitar.

— Como ela está?

— Tem dias e dias. Passa muito pouco tempo lúcida. Na maior parte do tempo, está tranquila e quieta. Costuma se agitar perto da hora de dormir e quando insistimos para que ela caminhe um pouco. Tem sido cada vez mais difícil tirar ela da cama.

Ariel apenas refletiu sobre o que a irmã disse.

— Não achei que o papai fosse ficar tanto tempo internado — continuou Ana. — Mas, apesar da demora, ele parece estar melhorando. Você foi visitá-lo hoje?

— Fui, sim.

— Entrou no quarto?

— Só enquanto ele dormia. — Ariel percebeu o olhar reprovador da irmã. — Mas, ei, já fiz amizade com o pessoal da enfermagem. — Ele encarou a janela, fugindo do julgamento de Ana. — O André é que tem dado uma grande força pro Coronel. Então acho que tudo bem.

— Ari, tenho certeza de que o papai ficaria feliz em ver você — assegurou Ana.

— Não tenho tanta certeza disso.

Chegaram ao apartamento. Ariel largou a mochila de viagem no sofá da sala.

— Acredito que esta seja minha cama.

— Acertou.

— Poxa, mana. Tá faltando um pouco de cor neste seu apartamento. Tenho um amigo decorador que é ótimo. Posso te indicar.

— Eu gosto assim.

Os dois estavam em pé na sala de estar quando Mariana surgiu no corredor, segurando dona Nika pelo braço.

Ana percebeu que Ariel engoliu em seco.

— Oi, mãe — arriscou Ariel.

— Oi, meu filho — disse Annika com interesse.

— Estamos muito bem-dispostas, não estamos? — disse Mariana. — Contei para ela que receberíamos uma visita especial hoje e, desde então, tivemos um bom dia.

— Faz tempo que não te vejo. Vem me dar um abraço — pediu Annika.

Ariel a abraçou, desajeitado e com medo, achando a mãe tão frágil que talvez pudesse quebrá-la.

— Obrigada por ter feito hora extra hoje, Mariana — disse Ana.

— Não é nada. Hoje nós nos divertimos, não é, dona Nika? — comentou Mariana. — Fico tão feliz quando temos dias bons.

⚭

Depois que a cuidadora foi embora, Ariel preparou macarronada ao sugo e sopa de legumes, e os três jantaram juntos em silêncio. Dona Nika, por vezes, parecia querer manifestar algum pensamento, mas logo voltava sua atenção para a comida. Depois da refeição, Ana ajudou a mãe a fazer a higiene da noite, deitou-a na cama e deixou a televisão ligada. Voltou para a cozinha, onde Ariel permanecia sentado com o celular na mão. Ana empilhou os pratos e levava toda a louça para a pia quando Ariel dividiu com ela a notícia que chamou sua atenção.

— Olha só. Foi um acidente mesmo.

— O quê?

— O engarrafamento que vimos hoje. Um acidente feio envolvendo o filho do ex-prefeito e um taxista. Parece que o piá estava bêbado e furou o sinal vermelho.

— Deixa eu ver.

Ariel virou a tela do celular para que Ana pudesse ver a foto de uma caminhonete BMW com a frente amassada e os restos de lataria do que parecia ser um Fiat Siena.

— Diz aqui que o taxista morreu na hora. Pai de três filhos.

— E o moleque que tava dirigindo?

— Está internado, com ferimentos leves. O que será que vai acontecer?

— O que você acha? O menino vai dar um jeito de ir para o exterior assim que puder. Vai acontecer o julgamento, o promotor de justiça contra uns três bons advogados. No máximo, esses meninos que agora não têm mais pai vão receber cestas básicas por alguns anos. É isso que vai acontecer.

— É revoltante.

Ana anuiu e depois serviu um Cabernet em duas taças.

— Falando em filho de político... O que aconteceu com o caso daquela menina, a filha do deputado?

— Não sei em que pé anda. Tô procurando não me envolver, mas acho que não vai ter um desfecho. E vou te dizer: tem algo que não cheira nada bem nesse caso. Tenho um mau pressentimento, sabe? Aquela família é muito estranha.

— E não tem nada que você possa fazer?

— Não, Ari. Eu estou tirando férias forçadas, esqueceu?

— Mas não te dá vontade de fazer alguma coisa?

— Como assim?

— Investigar por conta própria. Nada te impede.

— Nada me impede? — Ana riu. — Só a lei, talvez. Você ainda lê aqueles romances policiais?

— Ia ser legal bancar o detetive.

— Você? Achei que eu que ia investigar. Afinal, a detetive de verdade aqui sou eu.

— Mas eu posso ser o seu Watson, Sherlock.

Sentaram-se na sala para assistir a um pouco de televisão. A ideia de Ariel impregnou o cérebro de Ana como perfume de rosas barato. Sob um impulso despretensioso, mandou uma mensagem para Júlio, que respondeu quase imediatamente.

`Não estou mais na equipe. Chegamos a um beco sem saída e logo o caso vai pra gaveta.`

Ana leu a mensagem com súbita emoção. Os cabelos da nuca se arrepiaram. Observou Ariel, que estava atento à televisão, e resolveu telefonar para Júlio.

○─○─○

Júlio desligou o telefone e fitou a caixa de papelão no canto da sala. Ana o chamara para uma reunião na casa dela, totalmente extraoficial. Uma onda de empolgação percorreu seu corpo. Terminou de secar a pia, pegou a caixa e deixou o apartamento.

Ao chegar à casa de Ana, foi recebido por um jovem sorridente. Ele estendeu a mão para cumprimentá-lo.

— Prazer, Ariel. Sou irmão da Ana.

Júlio o cumprimentou, e logo a delegada apareceu na sala. Havia acabado de sair do banho, estava com os cabelos molhados, vestia uma calça de moletom e uma camiseta que tinha o aspecto de pijama. Cumprimentou o colega com um beijo no rosto.

— Meu irmão veio lá de São Paulo. Vai ficar comigo mais alguns dias — disse Ana.

— Só até essa questão dos nossos pais se resolver. Nosso pai está internado por conta de um derrame e nossa mãe está aqui na casa da Ana — explicou Ariel, depois de ver a expressão de dúvida de Júlio.

— Eu não fazia ideia. Alguma coisa que eu possa fazer? — disse Júlio, com genuína preocupação.

— Está tudo sob controle, Júlio, mas obrigada — respondeu Ana, incomodada por dividir seus problemas pessoais. — Eu e o Ariel estávamos assistindo ao noticiário de hoje. Não sei se você ficou sabendo do acidente de trânsito envolvendo o filho do ex-prefeito.

— Eu passei pela rua um pouco depois do acidente. Tudo ficou parado por horas...

— Júlio, você não está nessa profissão há tanto tempo quanto eu, mas você já deve fazer ideia do fim dessa história, não é?

— Pois é. Acho que nada vai acontecer com o rapaz. No máximo algumas medidas punitivas leves, mas nada de cadeia.

— Justamente. Por isso nos reunimos hoje. Não podemos deixar que a mesma coisa ocorra com o caso da Amélia. Temos que esgotar todas as possibilidades. Alguém tem que responder por esse crime.

— Por alguém, você quer dizer o noivo, né? — perguntou Ariel.

— Talvez. Ele sem dúvida é nosso principal suspeito, mas, se focarmos apenas essa linha de raciocínio, podemos passar reto por outras pistas — disse Ana.

— Sem dúvida, mas ele se encaixa melhor, não encaixa? — opinou Ariel. — Pelo que você me contou, o cara é um baita de um filhinho de papai narcisista que levou um pé na bunda e explodiu. Quantos casos desses vemos todos os dias na televisão?

— Temos a motivação, mas ele tem um álibi consistente e não há evidências que o incriminem. Pelo menos, até onde eu sei. Júlio, acho melhor você nos atualizar sobre o caso. Comece desde o início, para que o Ariel fique sabendo de tudo.

— Ele vai participar disso com a gente? — questionou Júlio.

— Claro que vou! Nem que seja só para documentar a experiência — disse Ariel com sorriso largo.

— O Ariel é fotógrafo — explicou Ana.

— Certo, mas isso é uma investigação policial — lembrou Júlio, encabulado.

— Não exatamente. O que a gente está fazendo não está nem dentro da lei — retrucou Ana.

Depois de conformado, Júlio detalhou todo o processo da investigação desde o desaparecimento de Amélia. Terminou com o laudo final da perícia e com os relatórios das conversas com colegas de trabalho e vizinhos.

— Parece ser uma menina bem sozinha. As colegas de trabalho dizem que ela não se relacionava com ninguém fora dos horários da escola, era fechada e não dividia suas questões pessoais. Pelo que você me contou dessa tal de Mônica, me dá até pena de pensar que essa era a melhor amiga dela... — comentou Ariel.

— Não eram melhores amigas. A Mônica diz isso para aumentar sua importância na história. Eu mesma a entrevistei e pude ver que ela conhecia a Amélia muito superficialmente.

— Ela entra na lista de suspeitos? — perguntou Ariel.

— Acho muito difícil. A garota deve ter algum tipo de transtorno de personalidade, quer chamar a atenção mais do que qualquer coisa. Porém, repito: temos que manter a mente aberta para todas as possibilidades — afirmou Ana.

— E os pais dela? Já que não dá para excluir ninguém. É muito estranha a forma como lidaram com toda a situação, vocês não acham?

— A impressão que eu tenho é que eles têm mais zelo pela reputação e pela imagem da família do que pelo assassinato da própria filha — disse Júlio. — Toda a investigação mantém o nome deles na mídia de uma forma muito negativa. O cara, além de deputado, é pastor de igreja. Há especulações de crime de oportunidade, sabe? Isso gera todo tipo de fofoca entre as pessoas. Envolvimento com drogas, um caso amoroso... Se você experimentar passear pelas redes sociais para ver o que já foi publicado sobre esse caso, vai ficar de cabelo em pé. Mas, agora, o que tem me deixado com uma pulga atrás da orelha... Algo neste material está fora do lugar. Você não achou o laudo pericial diferente? — perguntou Júlio a Ana.

— Não sei o que você quer dizer com "diferente", mas, pra mim, parece que foi redigido por um estagiário. E a falta de evidências me faz afastar ainda mais a ideia de um crime de oportunidade. Não é comum um assassino deixar uma cena de crime, e principalmente o cadáver, livre de qualquer tipo de evidência criminal sem que isso tenha sido premeditado — disse Ana.

— A não ser que o assassino tenha preparado o cadáver após o crime. Alguém muito inteligente. Um serial killer, talvez? — perguntou Ariel.

— Você assiste mesmo a muitos seriados policiais, né? — disse Ana, em tom de brincadeira. — Essa possibilidade até é válida, mas não temos relatos de outros crimes semelhantes na região que indiquem que temos um serial killer agindo de forma cruel e metódica nas ruas de Curitiba.

— Um serial killer não é algo comum. A maior parte dos assassinatos de mulheres tem como autores os próprios cônjuges ou outras pessoas próximas — explicou Júlio.

— Então voltamos ao noivo — completou Ariel.

— Sim, mas ainda acho que temos um problema maior com o qual lidar no momento, algo que pode nos impedir de avançar — disse Júlio.

— O quê? — perguntou Ana.

— É algo incômodo de falar em voz alta, porque eu estaria levantando suspeita contra a equipe da qual eu mesmo faço parte, mas acho que as evidências podem ter sido fraudadas — respondeu Júlio, sentindo a boca seca como se estivesse cheia de areia.

— Essa é uma acusação muito grave — comentou Ana, que, após uma pausa para medir as palavras, continuou: — Mas você pode ter razão. Mais um motivo para começarmos a fazer algo por conta própria. Só não sei como começar. Não é como se tivéssemos à nossa disposição o cadáver, um legista e um laboratório equipado.

— Mas podemos tentar descobrir o que aconteceu — insistiu Ariel, o mais motivado dos três. — Você conhece o legista que assinou o laudo, Júlio?

— Ele participou de algumas reuniões com o restante da equipe. Várias fofocas a respeito dele têm surgido na delegacia.

— Que tipos de fofoca? — perguntou Ana.

— Alguns dizem que ele está com dívidas até as tampas por conta de jogos de azar. Outros dizem que ele está fazendo compras extravagantes, como um apartamento no litoral... Informações que não batem.

— As informações batem se ele tiver sido comprado — disse Ariel.

— Essa é uma acusação muito séria — retrucou Júlio.

— Supondo que o que o meu irmão disse seja verdade... — refletiu Ana. — Estamos falando de um caso em que os suspeitos têm muito dinheiro, né? Se o Davi estava atolado em dívidas, esse pode ter sido o gatilho para ele se corromper.

Ana sumiu pelo corredor e voltou com um bloco de anotações no qual escreveu *Davi* em letra de forma com três riscos para sublinhar o nome.

— Rapazes, temos um ponto de partida para nossa investigação.

Capítulo 12

Termino de corrigir a última resenha sobre *Dom Casmurro*, trabalho que solicitei em classe. Coloco-a em uma pilha separada junto com outras cinco. Na segunda-feira terei que dar uma de detetive para descobrir quem copiou o trabalho de quem.

Duas semanas já se passaram desde que fui àquela festa esquisita em São José dos Pinhais. Um sentimento muito próximo ao remorso me fez ignorar as mensagens que Luana mandou no dia seguinte. Desde então, tento não pensar sobre o assunto. Durante a semana é mais fácil, pois me concentro no trabalho, mas em noites de sexta-feira como hoje sou atravessada por pensamentos que poluem minha mente. Lembro-me das pessoas que conheci, das liberdades que tomavam para se expressar, do cigarro de maconha passando de mão em mão e do cara que dançava com a lua. Devo ser muito ingênua por ficar tão impressionada com jovens usando drogas. Penso em Luana e, então, sinto que é melhor ocupar a cabeça com outra coisa.

Ouço Mônica andar apressada com seu salto alto e bater a porta de entrada. Ela nunca avisa quando vai sair, e não me importo. Gosto quando tenho o apartamento só para mim.

Rafael está viajando a negócios, então posso escolher se leio um livro ou se assisto a um novo seriado da Netflix.

Tomo banho, coloco um pijama confortável e preparo um balde de pipoca. Sento em frente à televisão e mais de vinte minutos se passam sem que eu consiga encontrar algo que desperte o meu interesse. Deixo a pipoca pela metade e tento me decidir por um livro. Talvez uma releitura. Ou um romance policial, despretensioso, só para passar o tempo. Acabo escolhendo uma edição de bolso de *Convite para um homicídio*, de Agatha Christie. Nada como Miss Marple para um bom entretenimento.

Ajeito-me no sofá e tento uma primeira leitura do prólogo. Uma segunda. Na terceira, ligo novamente a televisão.

Maldita ideia fixa. Sinto o impulso de mandar uma mensagem. Digito um pedido de desculpas pela falta de resposta e hesito antes de enviar, o dedo pairando sobre a tela. Respiro fundo e, por fim, envio.

Bloqueio e desbloqueio o celular inúmeras vezes. Claro que ela não vai responder. Foi grosseria da minha parte não ter entrado em contato. Eu também ignoraria a mensagem, se estivesse no lugar dela.

O celular vibra na minha mão.

`O que vai fazer hoje?`

Digo que vou ficar em casa para ver um filme e acabo convidando-a para me acompanhar. Ela topa e diz que vai trazer a cerveja.

Luana demora quase duas horas para chegar, e eu, que já troquei meus pijamas por uma roupa simples, penso que seria uma boa hora para estar dormindo. Ela traz um fardo de cerveja, que eu coloco no freezer.

— E o seu noivo? — pergunta Luana.

— Está viajando.

Ela está tranquila e parece não ver necessidade em pedir desculpas por ter chegado tão tarde. Pergunto se ela gostaria de pipoca para assistir ao filme, mas ela caminha até a sala e não me escuta.

— Apartamento legal — diz Luana, enquanto olha ao redor. Faz tempo que você mora aqui?

— Cinco meses.

— Não tem nenhuma foto sua.

— Ah, é. Toda a decoração é da Mônica. Você só vai encontrar coisas minhas no meu quarto.

No quarto, Luana demonstra empolgação ao ver minha estante de livros. Passeia os dedos pelas lombadas.

— Você já leu todos esses?

— A maioria. Mas não vou mentir, muitos livros eu comprei por puro impulso e ainda não li. Também não tenho pressa. Acredito que tudo o que tiver que ser lido será lido no seu devido momento.

— É incrível. Não tenho o hábito de ler, mas invejo quem tem.

Ela pega da estante um exemplar em capa dura de *Os irmãos Karamazóv*.

— Este é bem famoso, né?

— É bastante. Segundo Freud, é a maior obra da história.

— E fala sobre o quê?

— O de sempre... Dramas familiares. Filho que mata o pai... Mas é muito bom. Dostoiévski é um gênio.

— Não é pro meu bico — responde Luana, devolvendo o livro para a estante.

— E por que não? Não se deixe intimidar pelo tamanho e pela idade. Um livro é apenas um livro.

Luana se senta na minha cama e termina de olhar em volta.

— É interessante — diz ela.

— O quê?

— Não é assim que eu imaginaria o quarto da filha de alguém como o seu pai.

Fico sem saber o que responder.

— Desculpa se soou ofensivo... — Ela toma tempo para escolher as próximas palavras. — É que seu pai é um deputado e um pastor famoso. Imaginei que você morasse em uma casa luxuosa cercada de objetos religiosos, e eu não vi a Bíblia na sua estante.

— Eu não tenho a mesma crença religiosa dos meus pais. Meu irmão também não, mas ele faz o papel de filho exemplar melhor do que eu. Há muito tempo não tenho paciência para ir aos cultos.

— Então por que você ficou tão assustada com a festa na casa da Jaque?

— Não fiquei assustada.

— Ah, não?

— Talvez tenha ficado um pouquinho assustada... — digo, rindo sem jeito. — Mas isso não tem nada a ver com religião. Só vi muitas coisas que não fazem parte do meu mundo. Não conheço ninguém que usa drogas.

— Você tem que aprender a não julgar — diz ela, com ar despreocupado.

— Não é tão simples. Você também deve ter os próprios julgamentos.

— Talvez alguns, mas procuro me livrar deles o mais rápido possível. Fica ainda mais fácil se você não tiver uma religião e uma cartilha de regras de boa conduta.

— "... tudo será permitido, até a antropofagia."

— Como é?

— Nada. É uma citação de *Os irmãos Karamazóv*. Dostoiévski, de certa maneira, defende a importância da religião em nossas condutas.

— O problema é que não é só a religião que cria esses tabus. É da nossa natureza sermos preconceituosos.

— Nunca pensei muito sobre isso.

— Quem muito julga inevitavelmente cairá em contradição. Pessoas muito cheias de preconceitos são sempre hipócritas em algum momento.

— Então eu sou hipócrita por achar errado que outras pessoas fumem maconha?

— De certa forma, sim. Garanto que você tem uma tia que abusa do Rivotril, ou aquele tio que bebe socialmente... e socializa mais do que o necessário. Pra mim, dá tudo no mesmo. Somos todos humanos e, no fim, todos queremos remediar nossas angústias. O que eu quero dizer não tem a ver com fumar maconha ou achar isso a coisa mais legal do mundo, mas você não precisa rotular uma pessoa pelo que ela usa, faz ou deixa de fazer.

Luana parece notar que fico chateada e reflexiva.

— Desculpa, Amélia, não quero ser chata. Hoje é sexta-feira. Vamos tomar uma cerveja.

Ela pega sua bolsa e começa a vasculhar. Então pergunta se eu me importo que ela fume. O apartamento não tem sacada, então a levo até a janela da área de serviço e torço para Mônica não encrenkar com o cheiro. Pego duas cervejas no freezer e começamos a beber enquanto a observo. Deixo um pouco da timidez de lado e permito me encantar novamente por seus traços. Tomo coragem de admitir para mim mesma — Luana é linda e me sinto atraída por ela.

Eu não devia me sentir mal por isso, não sou como meus pais. Ou sou?

— Eu acho que devíamos sair hoje.

Será que ela sabe que horas são? Rafael não gostaria nada disso. Ela me observa com seus olhos enormes e parece que me lê com a facilidade com que se lê um livro infantil.

— Seu noivo está viajando e você vai sair com uma amiga. Não tem nada de mais nisso. E outra... Onde eu vou te levar, nenhum homem vai dar em cima de você.

Sinto meu estômago revirar de medo. De novo minhas mãos suam e sei que estou vermelha. Faço uma careta de dúvida, e Luana sorri. Acabo aceitando e me dou conta de que cheguei a um ponto em que sou capaz de fazer qualquer coisa para ver aquele sorriso.

⚭

Ela me ajuda a escolher a roupa. Diz que não precisa ser nada muito chique e que muitas meninas usam roupas confortáveis e até mesmo tênis. Acho estranho, mas aceito. Afinal, não sei nada sobre baladas.

Luana liga para o número do taxista que nos levou até São José dos Pinhais. Ela me conta que, depois que eu fui embora, ele voltou para buscá-la e combinou que sempre cobraria um preço diferenciado para nós duas. Pergunto se ela não se incomoda com a possibilidade de ele estar fazendo isso para saciar suas fantasias, e ela dá de ombros.

O taxista chega em poucos minutos e nos leva até a tal balada. Pelo menos dessa vez estamos no Centro. Passei por esse lugar de carro inúmeras vezes e sempre me impressionava a quantidade de pessoas do lado de fora. Hoje não é diferente: a fila está imensa. Luana me pega pela mão e vai até o segurança na porta da boate. Não consigo decifrar o que os dois conversam, mas, quando me dou conta, já estamos em um corredor estreito do lado de dentro. Ao abrir a porta, no final do corredor, o som que estava abafado me arrebata, como se um balde de água caísse sobre mim. O ambiente é iluminado por luz negra e por lâmpadas neon de várias cores. Os sorrisos e as roupas brancas são as únicas coisas que eu enxergo com alguma nitidez.

Luana me conduz pela mão, abrindo caminho entre uma massa de pessoas que parece se movimentar no mesmo ritmo. Andamos em direção ao bar. O forte cheiro de tequila e o grude no balcão me fazem recuar. Digo a Luana que quero apenas uma cerveja. Ela pede a cerveja, mas também duas doses de um drinque vermelho na base, amarelo no meio e verde no topo. Hesito em pegar o copo. Digo que não estou acostumada. Ela insiste, e viramos o shot juntas. Não faço ideia de quais são as bebidas ali misturadas, mas não me surpreenderia se alguém dissesse que acabei de tomar gasolina, porque sinto a ardência correr a garganta até pesar na boca do estômago.

— Agora vamos dançar.

Luana me conduz pela multidão até um local próximo da caixa de som. É impossível conversar. Minha definição de "peixe fora d'água" acaba de ser atualizada. Sinto-me rígida e desconfortável enquanto Luana dança de forma tão fluida. Tento beber a cerveja o mais rápido possível e mexo o corpo um pouco para lá, um pouco para cá, como tentei da última vez.

Tomamos mais três ou quatro shots do drinque tricolor antes do meu corpo se soltar e começar a acompanhar a batida. Meus lábios estão formigando, e a cabeça está leve. Sinto o coração acelerar quando Luana entrelaça os dedos nos meus e me puxa mais para perto para dançar, colando meu corpo no dela. Consigo sentir a fragrância do tabaco misturado ao perfume e me deixo levar pelo cheiro, encostando o nariz no seu pescoço.

— Estou cheirosa? — pergunta ela, rindo.

Fixo os olhos nos seus lábios por um instante e a beijo. Um beijo roubado e sem jeito. Ela me afasta, perplexa, e me encara. Depois me puxa pela mão para perto da parede e me beija. Do mesmo jeito que imaginei há duas semanas. Seu corpo, pressionado no meu, cria uma energia desconhecida. Sinto algo que nunca senti. Preciso afastá-la por um instante, porque não consigo respirar.

— Quer sair daqui? — pergunta Luana.

— Quero.

Capítulo 13

A rua pouco movimentada e sem calçamento, no Boqueirão, estava cheia de carros estacionados. Um dia, tudo aquilo havia sido uma fazenda afastada da região central de Curitiba. Seus terrenos baldios isolados pareciam o cenário ideal para práticas ilícitas.

— Só pode ser aqui — afirmou Ana, apontando para a casa amarela cercada por mato alto.

— É, sim. Tá vendo ali? — Júlio apontou para um Camaro preto com listras brancas estacionado. — É o carro novo do Davi.

— Como é que o cara compra um carro desses se está atolado em dívidas?

— É isso que vamos tentar descobrir.

—Você tá preparado? Lembra as regras que a gente explicou?

— Um Full House é quando tenho cinco cartas do mesmo naipe, em qualquer ordem, e duas duplas é melhor do que uma trinca — disse Júlio, sério.

— Puta merda. — Ana levou a mão à testa.

—Tô brincando, chefe. Pode ficar tranquila — respondeu o policial, rindo enquanto desafivelava o cinto de segurança.

— E você, tá com o equipamento pronto?

— Estou, sim. Espero que essa bugiganga paraguaia funcione.
— De quem você comprou isso?
— O Ariel que comprou de um amigo de um conhecido. Melhor não entrar em detalhes. Ainda somos policiais.
— Eu vou entrar, então.

A delegada observou que Júlio suava e secava as mãos nas calças. Estava na cara que estava nervoso de iniciar uma investigação paralela à da polícia.

—Você sabe o que fazer. — Ana passou a mão pelos cabelos de Júlio, que ficou com as orelhas vermelhas.

Ela esperou Júlio entrar na casa amarela de número 135 e depois se certificou de que a rua estava deserta. Então saiu do carro e caminhou até o Camaro.

A película automotiva estava, sem margem de dúvida, fora dos padrões permitidos pela lei, e não se enxergava nada do interior do carro exceto uma luz vermelha piscante, o que indicava que o alarme estava acionado. Ao olhar em volta uma última vez, Ana se agachou e tirou do bolso do casaco uma pequena caixa preta de cantos arredondados, que muito se assemelhava a um HD externo. Removeu o plástico da fita dupla face que estava colada no aparelho e colou o objeto na parte de dentro do para-lama traseiro, à direita.

∞

Júlio bateu na porta da casa amarela, olhou de esguelha para a TR4 e engoliu em seco. Talvez fosse a primeira vez que passava por uma situação em que precisava atuar. Teve uma tarde para aprender noções básicas de pôquer para pelo menos justificar seu interesse em estar ali.

Foi recepcionado por um homem barrigudo com pelos grisalhos saindo da gola da camisa suada. O homem estendeu a mão gorda com dedos de salsicha cheios de calos. Júlio tirou do bolso da calça uma nota de cem reais amassada, a ofereceu e então entrou.

A casa estava impregnada por um cheiro de meia velha, cerveja e cigarro. O cômodo era como qualquer sala de estar de uma família de classe média brasileira. Não havia ninguém e não se escutava nada, o que fez Júlio pensar que estava no lugar errado. Seguiu até uma porta que levava a uma escadaria. Ao final do lance de escadas, havia uma porta metálica com uma enorme maçaneta. Júlio ironizou mentalmente o próprio temor de ser colocado em cativeiro ou acabar dentro de um frigorífico.

O homem desceu na frente, abriu a porta e, como se o vidro de um enorme aquário tivesse sido quebrado, irrompeu-se o barulho das conversas, das gargalhadas e da música alta.

○○○

Em casa, Ana encontrou Ariel na cozinha. Ele comia o que tinha sobrado da sopa de legumes da mãe.

— Quer um pouco?

— Não, obrigada. Como ela está?

— Hoje demorou para dormir. Fica chamando o Coronel.

— E alguma novidade do hospital?

Ariel balançou a cabeça em negativa. A situação do pai se arrastava. Apesar de estar melhor das sequelas neurológicas do derrame, o quadro havia evoluído para uma pneumonia hospitalar.

— E aí? A águia pousou?

— Oi?

— Não é esse o código? Deixou o gato no pôquer?

— Cala a boca. — Ana riu e abriu a geladeira para pegar o vinho. — Deixei. Também coloquei o rastreador no carro do Davi.

— E se o cara estiver limpo?

— Aí nós tiramos o rastreador.

— Entendi. — Ariel virou o prato de sopa na boca e lambeu os restos.

Ana fez uma careta de nojo.

— Queria ser uma mosca para saber que tipo de lugar é aquele. Coisa boa não é.

— Espero que o Júlio mande bem. Eu gostei dele. — Ao ver o olhar questionador de Ana, Ariel completou: — Mas ele não faz meu tipo.

— E nem você faz o tipo dele.

— Por falar nisso, tem alguma coisa rolando entre vocês dois, não tem?

— Somos amigos.

— Tá bom que eu acredito. Sinto o cheiro de longe, colega. Desembucha.

Quando estavam a sós, Ariel dava pequenas demonstrações de seu alter ego, um estereótipo do gay afeminado que sempre fazia Ana rir.

— Não tem nada, mesmo. Somos só amigos. Ele é muito novo.

— Isso nunca impediu ninguém de afogar o ganso.

— Meu Deus, Ariel, quem ainda fala assim?

Os dois foram para a sala, que, além de ser o quarto de Ariel, naquele momento era um quartel-general improvisado. Um quadro de cortiça fora posicionado em frente à janela, no qual estavam pregadas as fotos do corpo de Amélia e, ao lado, fotos de Rafael, Davi, Luís Henrique, Maria Célia, Mônica e a gravura de uma silhueta humana com um grande ponto de interrogação. Sob cada uma das fotos estavam as informações contidas nos depoimentos, como álibis, endereços e a última vez que diziam ter visto Amélia. Os novos investigadores particulares anexavam com post-its todas as ideias que surgiam, enquanto revisavam as pastas dos relatórios policiais empilhadas no chão.

Ana pegou os DVDs com as gravações das câmeras de segurança do prédio de Amélia. Colocou o primeiro, que trazia imagens de trinta dias antes do desaparecimento.

— Acho melhor fazer um café — disse Ariel.

∞

Júlio foi instruído a se sentar à mesa de carteado localizada no fundo da sala. No cômodo, três mesas verdes, redondas, com oito lugares cada. Júlio acenou com a cabeça para Barreto, sentado à mesa ao lado, que o cumprimentou. Davi espantou-se ao ver o colega e cochichou algo no ouvido de Barreto. Os dois trocaram algumas palavras, e Davi não pareceu satisfeito. Em suas mãos havia notas de cem, cinquenta e vinte reais dobradas, que ele segurava como se fossem um tesouro. Júlio apalpou o bolso da calça para conferir se os mil reais que Ana lhe dera ainda estavam ali.

O cassino clandestino, se é que podia ser chamado assim, era conhecido por poucos como "A Casa Amarela". A única forma de entrada era o convite de um membro antigo. Nada mais era do que um porão de setenta metros quadrados, onde os únicos luxos eram o isolamento acústico e a sensação de se fazer parte de algum tipo de sociedade secreta. Os jogadores eram, em sua maioria, homens aposentados que fumavam charutos cubanos falsos e bebiam uísque de má qualidade. Reginaldo Rossi cantava a trilha sonora, e três meninas na segunda década de vida circulavam com os seios à mostra para servirem as mesas com petiscos e bebidas, usando apenas calcinhas de renda e salto alto. As três já estavam com as bundas vermelhas, marcadas pelos apertões e tapas que recebiam ao caminharem pela sala.

Durante a semana, Júlio havia sondado os colegas mais próximos de Davi com o objetivo de desenterrar alguma informação útil. Com Barreto, arriscara uma abordagem diferente, na copa da delegacia, enquanto tomava café.

— Cara, eu não sei mais o que fazer — dissera Júlio.

— O que foi, piá? — respondera Barreto.

— O que mais, senão problema com dinheiro? Nesta merda de país.

Júlio fizera malabarismos mentais para inventar uma história sobre gastos excessivos com a tia doente e dívidas deixadas pelo pai.

— Eu fiquei sabendo que o Davi conseguiu se livrar de um monte de dívida com jogo. O cara ganhou na mega ou algo do tipo?

— Não faço ideia, piá.

Havia sido necessária uma boa performance dramática, com direito a olhos marejados, para que Barreto se sentisse compadecido.

— Piá, preste atenção. Eu só estou te convidando porque sei que você é um rapaz bom. Tem certeza de que você joga bem pôquer? Porque senão… só vai perder dinheiro. E outra coisa… — Barreto olhou em volta e cochichou: — Essa parada… Bem, digamos que não é… Como posso dizer? Dentro da lei. Quando estamos lá, não somos os mesmos de quando estamos aqui, sacou?

Naquele momento, na Casa Amarela, Júlio se concentrava para evocar todas as dicas dadas por Ariel naquela tarde. Ele não podia desistir toda vez que a mão fosse fraca, e só devia apostar quando a mão fosse boa. Tinha que balancear. Não criar um padrão de jogo que os outros pudessem ler com facilidade.

Já jogava havia uma hora e sentia-se menos desconfortável naquela sala fumacenta e decadente. Tinha quem acreditasse em sorte de principiante. Se de fato ela existia, não simpatizava com Júlio. Porém, mesmo com o sentimento de culpa por ter torrado o dinheiro de Ana, ainda contava com quinhentos reais e poderia jogar por mais algum tempo. Depois daquela primeira hora de jogo, Júlio mantinha sua atenção em dois focos: o próprio jogo e o médico-legista sentado à mesa ao lado. Viu Davi em êxtase, acumulando uma grande pilha de dinheiro amassado à sua frente.

Mais duas horas se passaram, e apenas a mesa de Davi ainda não havia escolhido o ganhador da noite. Ele era o finalista, jogando contra um homem negro de cabelos grisalhos e magreza esquelética. Usava enormes óculos escuros quadrados e não esboçava qualquer emoção. Todos os outros homens assistiam ao jogo em pé, com seus charutos e copos de uísque. As garçonetes também estavam na roda. Apenas uma parecia torcer por Davi com entusiasmo. Barreto segurava os ombros do amigo para dar apoio. O barrigudo que recepcionara Júlio era o carteador da mesa. Distribuiu duas cartas para cada jogador e aguardou que fizessem as primeiras apostas. Júlio via o brilho do suor na nuca de Davi. O carteador abriu as três primeiras cartas. Um rei de paus, um dez de copas e um ás de espada. Davi repuxou os lábios e virou um copo de uísque. Apostou metade de seu monte de dinheiro. O homem magro cobriu a aposta. Júlio se sentiu nauseado ao ver Davi com os olhos vidrados no dinheiro. Barreto cochichou algo em seu ouvido, mas Davi o empurrou para trás, deu All In e pediu que lhe servissem mais um copo de uísque. As cartas foram viradas. Davi jogou na mesa uma trinca de reis e o homem magro, uma dupla de damas, depois se pôs de pé para aguardar as próximas cartas como se estivesse fazendo um exercício aeróbico. Um três de paus foi virado, e todos suspiraram. Davi passou a mão pelos cabelos oleosos e virou mais um copo. O homem magro manteve a expressão neutra. Júlio chegou a se questionar se o homem estava respirando. Por fim, um valete de copas foi virado.

— Sequência! — gritou um homem ao lado de Júlio.

Davi, com os olhos vermelhos, bateu o punho na mesa, pondo fim à algazarra.

—Vamos mais uma!

—Você não tem mais dinheiro, meu chapa — disse o adversário.

— Eu tenho meu carro!

— Se você insiste.

— Davi, vamos. — Barreto o puxou pelo braço.

Os dois tiveram um pequeno empurra-empurra, mas Barreto conseguiu sair com Davi e, aos poucos, os convidados se despediram da Casa Amarela.

Júlio sentou-se e pediu a uma das meninas que servisse mais um drinque.

— Aqui está, meu bem — disse a menina, pousando na mesa a bebida, que Júlio pegou sem conseguir levar à boca.

— Que coisa. Fiquei com pena do cara que perdeu tudo.

— O Davi? É um coitado. Tinha parado de frequentar a casa porque estava cheio de dívidas. Mas um dia chegou aqui e quitou tudo.

— Achei que ele tinha ganhado dinheiro jogando.

— Ele não ganha nunca. Ninguém sabe de onde vem o dinheiro. Nem a namoradinha dele sabe dizer.

— Ele tem namorada?

— Ele achava que sim, mas sempre teve que pagar. — Ela apontou para a menina de calcinha de renda vermelha que limpava uma das mesas. — Dayanara é o nome dela.

∞

Júlio aguardou na esquina da rua até que Dayanara saísse. Todos os carros já tinham ido embora. As três meninas saíram juntas da casa. Caminhavam a passos largos enquanto cochichavam umas com as outras, encolhidas com as mãos nos bolsos dos casacos. Já era muito tarde, e a temperatura havia despencado. Júlio as seguiu de longe, na tentativa de manter um aspecto descontraído de quem apenas andava na mesma direção.

As três entraram no tubo do ônibus. Júlio acabou entrando também. Apesar de parecer inofensivo, as três olharam para ele, desconfiadas.

— Tem certeza de que não quer ir lá pra casa? — perguntou uma delas a Dayanara, quando o ônibus e o tubo abriram as portas e a rampa do veículo desceu.

A moça assentiu e disse que aguardaria o próximo ônibus.

Júlio, que tinha perdido oitocentos reais naquela noite e sentia-se o cara mais azarado do mundo, agradeceu pela oportunidade de abordar a moça sozinha. Caminhou em direção a Dayanara, e, antes que pudesse tocar o ombro dela, a menina já havia pulado para o lado e tirado do casaco um spray de pimenta. Ela o apontou para o rosto do policial.

— Se manda, cara!

— Calma aí! — disse Júlio, cobrindo o rosto com a mão, esperando que ela apertasse o esguicho. — Não quis te assustar.

— Se você tentar alguma coisa, eu vou foder com você, tá ouvindo?

— Só quero conversar, é sério.

— Conversar sobre o quê? A gente nem se conhece.

— Quero conversar sobre o Davi.

Depois de mais algumas ameaças de Dayanara e pedidos de desculpas de Júlio, a menina baixou a guarda. Júlio ligou o gravador do celular que estava no bolso.

— Que merda, cara. Como você aborda alguém desse jeito? Já vou avisando que hoje não tem programa e que eu não deduro meus clientes. Então acho que o assunto já está encerrado.

O ônibus de Dayanara chegou e as portas do tubo se abriram. A garota já estava pronta para embarcar quando Júlio a puxou pela mão e ofereceu uma nota de cem reais.

— É importante.

— O que você quer saber?

Dayanara deixou o ônibus partir e enfiou o dinheiro no bolso.

— Preciso saber se ele falou algo para você sobre a origem do dinheiro que recebeu para quitar as dívidas na Casa Amarela.

— E o que você tem a ver com isso?

Júlio pegou sua última nota de cem reais e a colocou direto no bolso da garota. Queria tanto poder usar o distintivo. Dayanara hesitou ao pensar nos duzentos reais.

— Olha, eu não sei de muita coisa. Ele era um dos meus clientes regulares, mas eu que não ia ficar dando pro cara de graça, né? Um dia, ele apareceu com as dívidas quitadas e me chamou pra sair. Encheu a cara no motel e caiu no choro, acredita? Nem transar o cara conseguiu. Perguntei por que ele tava chorando, e ele disse que era porque tinha conseguido muito dinheiro, mas que teve que vender a alma por isso.

— O que ele quis dizer com isso?

— Ele também não me falou. Disse que o matariam, se contasse. Só deu a entender que livrou um figurão de ir pra cadeia.

⊖⊖⊖

Ariel e Ana passaram horas assistindo aos DVDs com um bloco de notas. Se familiarizaram com a movimentação do prédio e anotaram os horários de Amélia.

— Aqui! A última imagem do Rafael no prédio. Uma semana antes do desaparecimento. Condiz com o depoimento dele — disse Ana.

— Ele parece furioso. Tá com jeito de quem levou um pé na bunda.

— Na cabeça dele, ele é quem terminou com ela. Ainda tem aquela ligação dele no dia do desaparecimento. Rafael pode muito bem ter ameaçado fazer algo caso Amélia não voltasse com ele.

— Faz sentido. É uma pena, porque o cara é lindo.

— Me poupe, Ariel.

Ouviram a campainha tocar. Era Júlio, que chegava eufórico com o gravador na mão. Os três ouviram a gravação e se entreolharam, triunfantes.

— Com isso teríamos uma boa justificativa para exumar o corpo e fazer o pedido de uma nova perícia — afirmou Júlio.

— Isso vai ser notícia em todos os cantos do país — disse Ariel.

— É justamente por isso que nós temos que aguardar — opinou Ana. — O João Gabriel morre de medo de um escândalo, principalmente um que envolva o deputado Luís Henrique. Ele vai dar um jeito de colocar panos quentes nisso tudo, Júlio. Vai descredibilizar o relato que você conseguiu da garota de programa. O rastreador está instalado. É melhor a gente guardar essa gravação e ficar na cola do Davi.

Júlio se jogou no sofá, um pouco frustrado.

— E vocês? Alguma coisa interessante nas fitas?

— Nada muito promissor — disse Ariel.

— Na verdade, só uma coisa.

Ana pegou o DVD referente a duas semanas antes do dia do desaparecimento de Amélia e apertou o botão para avançar o vídeo.

— Aqui.

Ela congelou a imagem quando Amélia entrava no elevador e, logo atrás, uma mulher jovem de cabelos ondulados.

— Não conhecemos essa mulher. Não é moradora, mas frequentou bastante o prédio nesses últimos trinta dias. Esse é o único momento em que a vemos com Amélia. Pode ser só coincidência, mas as duas parecem se conhecer e, até onde sabíamos, Amélia não tinha amigos que frequentavam sua casa.
— Ana avançou mais a gravação. — Algumas horas se passam até a mulher ir embora. Se ela conhecia Amélia e era próxima dela, por que não sabemos de sua existência?

Júlio se aproximou da televisão e franziu o cenho, tentando entender por que a mulher da gravação lhe era tão familiar.

— É ela!

— Você conhece? — perguntaram Ariel e Ana ao mesmo tempo.

— É a moça que eu conheci no dia do enterro.

⌘

Exatamente no horário da troca de turno dos zeladores do edifício de Amélia, os dois investigadores chegaram. Ariel ficou esperando do lado de fora enquanto Ana e Júlio entravam e mostravam seus distintivos. Mesmo sendo uma investigação clandestina, os dois concordaram que seria mais fácil falar com os funcionários do prédio se pelo menos fingissem que era uma visita oficial. Os zeladores se entreolharam, mas não se assustaram. Conheciam os policiais e já imaginavam que fariam perguntas sobre o caso da filha do deputado.

— Achei ter visto em algum lugar que a senhora não estava mais no caso.

Ana fingiu não ouvir. Apenas colocou uma foto na frente dos dois zeladores. Uma imagem da gravação do elevador, editada por Ariel para parecer mais nítida.

— Gostaríamos de saber quem é essa mulher e por que ela não foi citada na investigação.

Os dois se entreolharam com espanto. Um deles balançou a cabeça em negativa e suspirou profundamente. O outro segurou a foto e pareceu engolir em seco.

— Olha, eu não quero me meter em encrenca — disse o funcionário com a foto na mão.

— E por que você se meteria em encrenca? — perguntou Júlio.

Os dois permaneceram em silêncio.

— Deixa eu colocar as coisas em outros termos... — disse Ana, apontando para a foto. — Me parece que vocês sabem muito bem que essa mulher tem alguma relação com Amélia Moura. Se não falarem agora o que sabem, podem ter certeza de que, aí sim, vocês vão se meter em encrenca. Não contribuir com uma investigação policial quando solicitado é crime.

Os dois se entreolharam novamente, e a expressão de medo era genuína.

— Olha, moça — disse o zelador, jovem e muito alto, que saía de seu turno. — Eu não sei como posso ajudar vocês. A única coisa que eu sei é que ela passou a vir bastante pra cá nos últimos dias antes do desaparecimento, ficava algumas horas e ia embora. Às vezes passava a noite.

— Agora o que eu não entendo é nenhum de vocês dois ter mencionado a existência dessa pessoa.

— Nós fomos ameaçados — disse o zelador mais velho que iniciaria o turno de trabalho. — No dia seguinte à notícia do desaparecimento, um cara muito barra-pesada veio aqui e disse que, se alguém abrisse o bico sobre essas visitas, estaríamos ferrados. Mostrou uma pistola e tudo.

— Ele deixou dinheiro também? — perguntou Ana.

Os dois demonstraram um desconforto que respondeu à pergunta.

— O que mais vocês podem dizer? Sabem pelo menos o nome dela? — questionou Júlio.

— A única coisa que eu notei é que ela sempre chegava no mesmo táxi, mas se você me perguntar se eu anotei a placa ou algo assim, já digo que não anotei nada — respondeu o mais velho.

O mais novo concordou com a cabeça, indicando que também não sabia nada além disso. Ana e Júlio estremeceram com as novas informações.

Capítulo 14

São duas da manhã e não consigo dormir. Rafael ressona ao meu lado, imóvel desde que pegou no sono. Uma fresta na cortina permite a entrada do luar, fazendo com que eu possa enxergar alguma coisa no breu. Examino Rafael em todos os seus detalhes. Os cabelos negros e espessos, os traços angulosos. Ele dorme sem roupa, apesar do frio glacial do ar-condicionado. Seu corpo é robusto, torneado, quase marmóreo.

Observo o quarto e tudo em volta. A decoração é de um requinte primoroso, todos os itens escolhidos a dedo por minha sogra e por seu decorador renomado. A paleta de cores do apartamento varia em tons de branco e marrom, com inúmeros ornamentos assinados por designers estrangeiros e pinturas a óleo nas paredes. Eu sei que Rafael não é ligado em arte, mas quer todo o luxo que seu dinheiro pode comprar. Nunca discutimos como seria nossa casa depois do casamento. Para nós dois estava implícito que eu me mudaria para o apartamento dele. Nunca vi motivos para me opor a isso, mas agora, observando o quarto na calada da noite, não sinto aconchego.

Viro-me de lado e fico de frente para Rafael. O que estou fazendo da minha vida?

Acaricio os cabelos dele com ternura. Ele contrai o rosto em uma careta e se vira de costas para mim.

Tenho medo de colocar tudo a perder.

∞

— Sua cara está um horror — diz minha mãe.

— Tive uma noite de insônia — respondo, já chateada, ao entrar no carro.

— Eu comprei um corretivo novo que é ótimo. Vou comprar um para você também.

Minha mãe passou para me buscar para irmos ao shopping, programa dominical que há tempos eu busco evitar.

— Motorista novo? — questiono ao não reconhecer quem guia a BMW X1 blindada.

— Seu pai dispensou o outro.

— O Clovis?

— Não. O que veio depois dele.

Depois do ritual com minha mãe, tendo tomado todo o cuidado para agradá-la e me livrar de um sermão sobre ser uma filha distante, pego um táxi até o parque Barigui, onde vou encontrar Luana. Ando pelo calçamento e não demoro a encontrá-la deitada em uma canga estendida sobre o gramado.

— Desculpa a demora — digo.

— O importante é que você veio.

Ficamos deitadas na canga, olhando para o céu, sem trocar uma única palavra. Observamos as nuvens que se arrastam, mudando de formato a todo instante. O cheiro de grama recém-cortada, o barulho das crianças brincando, das rodas de skate riscando a trilha asfaltada — tudo vai criando em mim uma nova perspectiva de domingo perfeito.

∞

Na casa de Luana, encontro refúgio das incertezas. Não há mais timidez entre nós. Quando a vejo, meu corpo todo pulsa e sou atraída como se fôssemos polos opostos de um ímã. Nossos corpos se entrelaçam em um violento afago. Ora uma briga de gato, ora carinho. Ora me entrego, ora comando. Luana estuda meu corpo. Apega-se a pequenos detalhes, meus gemidos e contorções — me lê como um manual de instruções escrito em braile. Nossos movimentos se encaixam.

Aos vinte e nove anos, experimento pela primeira vez um desejo que não cabe em mim. Desconhecia a necessidade incandescente de outro corpo. Os cinco sentidos apurados. Inalo seu perfume como se quisesse roubá-lo por inteiro. Sinto seu gosto e dele me delicio. Deixo que os sons que ela exprime me guiem. Senti-la dentro de mim faz com que me sinta repleta. Não há nada que me distraia deste momento.

Quando nos damos conta, as horas passaram e estamos suadas e ofegantes na cama.

— Tá aprendendo — diz Luana em tom brincalhão, acendendo um cigarro que apanha da mesa de cabeceira. Ela me oferece, mas eu recuso.

— Como você fez aquilo? — pergunto, tímida.

— Aquilo o quê?

— Aquilo... de parar logo antes de eu...

— De você o quê? — Luana ri. — Quero ouvir você falar.

— Tenho vergonha.

— Comigo eu não quero que você tenha vergonha.

— Tá... Mas como você sabia?

— Sabia o quê? — pergunta ela, me provocando.

— Que eu ia... — Hesito. — Tá bom. Como você sabia que eu ia gozar naquele exato momento? E parou! Foi uma tortura!

—Tortura? — diz ela, baforando o cigarro. — Eu só adiei para que você ficasse com mais vontade e depois o orgasmo viesse com mais intensidade. Eu presto atenção em todas as suas reações, linda. Mesmo você ainda sendo muito quietinha.

Ela conhece meu corpo melhor do que eu mesma. Quando termina o cigarro, me deito em seu colo. Passeio com a ponta dos dedos por seu corpo, observando seus pelos se arrepiarem. Desenho os contornos da tatuagem de dragão que vai da coxa dela até a barriga.

—Vamos poder nos ver amanhã? — pergunta Luana.

— Amanhã tenho que ir a um jantar de negócios do Rafael.

— Mas se o jantar de negócios é do Rafael, você não precisa ir.

— Claro que eu preciso. Somos noivos — digo, alterando um pouco a voz.

—Tudo bem, Mel.

Ficamos em silêncio por mais um tempo. Acho que nenhuma das duas sabe o que está fazendo, mas está claro que isso não vai durar para sempre.

—Você me fala muito pouco de você — digo. — Já nos encontramos há algumas semanas e tudo o que a gente faz é ficar na cama...

— E não é bom?

— É ótimo. Mas você me instiga. É uma pessoa especial, e eu quero poder conhecer mais do que só o seu corpo.

—Você também não fala muito de você. Então pode começar.

— É porque eu não tenho nada de interessante para falar a meu respeito — respondo. — Sou Amélia Moura, filha do deputado Luís Henrique Moura. Me formei em Letras pela Federal do Paraná, sou professora de ensino médio. Fim.

— Isso tudo eu já sei, Mel. Mas nada disso te define como pessoa. Quais são suas paixões? No que você acredita?

— Bem, a literatura é uma das minhas maiores paixões. Fazer Letras foi uma das coisas mais rebeldes que eu já fiz em minha vida.

— Uau, realmente subversiva! — diz Luana, tirando sarro, e depois fica séria. —Viver sob as expectativas de outras pessoas não é viver.

— Eu adorava a faculdade, sabe? Tinha muitos planos. Queria viajar o mundo e conhecer pessoas. Falar várias línguas, curtir todos os momentos, conhecer rapazes interessantes, viver histórias interessantes. Passei a vida toda com romances embaixo do braço. Gostava de todos os tipos de história. As de heróis, as de ficção científica, as de amor com finais tristes, as de amor com finais felizes, mas, apesar de todas as tentativas de me tornar uma rebelde, era muito difícil me desvencilhar da necessidade de cumprir minhas obrigações sociais.

Luana ri.

— Pra quem queria viajar o mundo e conhecer rapazes interessantes, e agora está nua com uma mulher na cama, eu diria que você é bem rebelde mesmo.

A gente se beija por mais um tempo. Podem ter se passado dez minutos, meia hora ou uma hora. Não faço ideia. Quando me dou conta, todo o meu corpo se energiza e já estamos transando.

— E você? — Depois de um tempo, retomo a conversa como se não tivesse tido nenhuma pausa. — Já teve alguém que fez você sentir que não alcançava as expectativas, ou sempre foi livre dessas coisas?

Ela acende outro cigarro. Como estamos em sua casa, é permitido fumar na cama. Minha pergunta a deixa séria, e quase me arrependo de ter perguntado qualquer coisa.

— De certa forma, já, mas não quero falar sobre isso.

— Alguma coisa com seus pais?

— Não. Meus pais morreram em um acidente de carro quando eu era mais nova.

Ela franze o cenho a cada tragada e o cigarro acaba mais rápido do que os outros.

— Eu não fazia ideia.

— Tudo bem. Não tem como imaginar uma coisa dessas. — Luana se perde por um momento em seus pensamentos e parece voltar ao presente ao lembrar que precisa bater o cigarro no cinzeiro. — Eu tinha dezesseis anos na época. Estava me descobrindo. Tudo é mais difícil e confuso quando se é adolescente. Eu comecei a namorar uma garota e logo fomos morar juntas. Foi um caos. Era um típico relacionamento abusivo. Brigávamos muito. Uma baita encrenca.

— E o que aconteceu?

— Eu realmente não quero continuar falando sobre isso.

Ela se levanta e vai tomar banho enquanto fico na cama, assustada por nunca conseguir decifrar as expressões de Luana e ainda mais assustada com a sensação que ela transmitiu após tocarmos naquele assunto.

Capítulo 15

— O sistema está funcionando? — perguntou Ana.

— Perfeitamente. — Ariel entregou à irmã o celular, que mostrava um mapa com um caminho traçado na tela. Acompanhavam a trajetória de Davi. — Teu namorado já mandou alguma mensagem?

— Ele não é meu namorado. E não, não mandou nada ainda — respondeu Ana.

— Sobre o que vocês estão falando? — perguntou André.

— Um aplicativo novo que o Ariel colocou no celular — disse Ana ao irmão mais velho, que não quis saber maiores informações.

—Visitantes com etiqueta na roupa, por favor. Já podem entrar — anunciou a funcionária do hospital, abrindo a porta da enfermaria.

Ana e Ariel se dirigiram ao quarto onde o Coronel, deitado na maca hospitalar, comia gelatina e assistia à televisão.

— Bom dia, pai — disse André.

Ana se dirigiu ao pai e beijou seu rosto. Ariel estendeu a mão com receio. Stefan hesitou por alguns segundos antes de apertar com firmeza a mão do filho.

— Está forte, pai — disse Ariel com um sorriso.

— Não vai ser uma pneumonia que vai me derrubar. Se for para morrer, que seja porque o coração cansou de bater. Como está sua mãe?

— Está bem — mentiu Ana, que passara a noite acordada com a mãe andando pela casa, agitada e sem saber onde estava.

Ela não olhou o pai nos olhos, e o constrangimento no quarto foi quase palpável.

— O médico disse que o senhor deve receber alta daqui a dois dias. — Ana comprimiu os lábios e fez uma pausa antes de continuar: — Temos que conversar sobre como vai ser daqui pra frente, pai.

— Como o que vai ser daqui pra frente?

— Você e a mamãe. Vão precisar de um cuidador vinte e quatro horas. Não pode voltar a ser como era antes — disse Ana.

— Não quero um estranho dormindo na minha casa — respondeu o Coronel, com uma careta de reprovação.

— Na verdade... — interveio André. — Estávamos pensando na possibilidade de mudarmos vocês dois para uma casa de repouso.

— Nos mudar para um asilo. É isso que você quer dizer. — Stefan largou a gelatina e apontou a colher para o filho mais velho. — Isso nunca! Está ouvindo?

— Mas, pai, você tem que pensar no que é melhor para todo mundo — argumentou André. — E não seria qualquer lugar. Existem ótimas casas de repouso.

— Eu e sua mãe vamos continuar morando na mesma casa que moramos há quarenta anos. Vamos continuar vivendo como vivíamos antes de vocês começarem a fingir que se importam, estão me entendendo? Nunca dependi de ninguém pra nada nesta vida, e vai ser assim até o dia em que eu morrer.

Os três filhos se entreolharam, buscando saber qual deles teria a solução.

— Tudo bem, pai. Podemos falar sobre isso mais tarde. Vamos deixar a casa de vocês arrumada pra quando o senhor sair daqui. Queremos o melhor pro senhor — disse Ariel.

— Não vamos mais falar sobre esse assunto. Muito menos você e eu, Ariel. Há quanto tempo você sumiu do mapa? Não sabia nem se estava vivo ou morto, e agora quer o melhor pra mim... Faça-me o favor.

Ariel sentiu os olhos arderem. Respirou fundo e se retirou em silêncio, pronto para rasgar a etiqueta de visitante e não voltar nunca mais. Antes de sair do hospital, entrou no banheiro e foi surpreendido pelo estrondo de uma lixeira voando contra a parede. Assustado, Ariel tentou atribuir sentido à cena: um médico jovem sozinho no banheiro em um rompante de raiva. O médico percebeu a presença de Ariel pelo espelho em frente à pia. Sua expressão de quem estava sendo importunado aos poucos foi se desmanchando e se transformou em um sorriso amarelo.

— Desculpa você ter que ver isso — disse o médico.

— Tudo bem, amigo — respondeu Ariel, constrangido, dirigindo-se ao mictório.

— De verdade... Desculpa. Nunca um médico deveria se comportar assim. É que eu perdi um paciente muito querido hoje.

Ariel assentiu e observou o médico sair do banheiro. Quando voltou para o corredor, encontrou Ana.

— Sabe como o Coronel fica quando se ofende, não é? — disse a irmã.

— Sei, mas não sou obrigado a ficar e escutar.

— Ele está frágil. Quando for pra casa, ficará mais fácil de conversarmos. Vamos esquecer isso agora, tá? — pediu Ana, entrelaçando o braço ao do irmão. — Você viu aquele cara que acabou de sair do banheiro junto com você? É o Gustavo, irmão da Amélia.

— Aquele lunático?

A delegada o fitou, confusa.

—Vi o cara arremessando uma lixeira contra a parede. Louco de raiva... — Ariel parou para olhar a irmã por alguns instantes e a abraçou. — Acho que eu também viraria um lunático se perdesse a minha irmã da forma como ele perdeu.

—Vou procurá-lo em outro momento para mostrar a foto daquela garota. Talvez ele saiba de alguma coisa.

○━○

Na delegacia, Júlio teve uma segunda-feira burocrática, como qualquer outra. Ligou para Sofia para saber como ela estava e o que faltava em casa. Ela só pediu que o sobrinho levasse mais comida congelada.

Então recebeu uma mensagem de Ana.

`Já lançou a isca?`

Perto do horário do almoço, Júlio dirigiu-se à mesa de Barreto e sentou-se.

— Que foi, piá?

— Barreto, eu tava aqui pensando... Você não viu o Davi ganhar dinheiro na Casa Amarela, né?

Barreto enrubesceu e olhou em volta.

— Já falei pra não comentar esse assunto aqui, piá! E é claro que ele ganhou o dinheiro lá.

— Mas você viu ele ganhar? Fiquei sabendo que ele nunca ganhou uma bolada lá dentro.

Barreto pareceu perplexo, como se o ar tivesse lhe escapado. Júlio percebeu que o colega tinha uma expressão genuína de surpresa.

— É claro que foi de lá, Júlio. Onde mais ele teria ganhado?

— Você viu o cara ganhando?

Barreto não respondeu.

— Olha, eu posso apostar que o Davi foi comprado pra fraudar um laudo pericial... E eu tenho quase certeza de que foi o laudo do caso Amélia Moura.

— Cala a boca, moleque. Você não conhece o Davi. Ele é um cara decente — disse Barreto com tom de descrença. — Você não tem como provar um absurdo desses.

— Tenho a declaração de uma fonte, que vou manter anônima por enquanto. E pode apostar que logo vou levar isso pro chefe.

Júlio se levantou e foi puxado pela mão por Barreto.

— Essa é uma acusação muito séria, Júlio. Vai afundar ainda mais o cara.

No período da tarde, Barreto não voltou à delegacia. Era provável que tivesse ido confrontar o amigo a respeito das acusações. Júlio ligou para Ana enquanto caminhava até o carro.

— O que você achou da reação dele? — perguntou ela.

— Me pareceu surpreso. Talvez ele realmente acreditasse na versão do Davi. Ele nem voltou pra delegacia depois do almoço. No mínimo, foi tirar essa história a limpo.

— Espero que isso mobilize o Davi a agir.

— Com certeza vai. Ele está sempre com cara de quem vai surtar a qualquer momento.

— A culpa faz isso.

Quando Júlio colocou a chave na fechadura do Gol, sentiu o baque de ser empurrado contra o carro. Ao se virar, viu o rosto de Davi em tons de vermelho e roxo, com veias saltadas na testa.

— O que você tá inventando sobre mim, seu babaca?

Júlio se afastou do carro e não recuou do ataque do colega.

— Eu, se fosse você, começaria a tomar cuidado, porque você vai se dar mal.

— Me dar mal por quê? Eu não fiz nada de errado, seu moleque idiota. Você está de brincadeira com a minha profissão, seu merda. Isso é sério.

— Quem te comprou, Davi? — perguntou Júlio em tom grave, enquanto olhava fixamente para Davi, nem um pouco intimidado.

O médico partiu com os punhos cerrados para cima de Júlio, que conseguiu desviar do soco e aproveitar o desequilíbrio causado pelo movimento para empurrar o oponente. O médico-legista caiu no chão de brita.

— Pode ter certeza de que vou a fundo nessa história — disse Júlio, antes de entrar no carro e ir embora, deixando o médico ainda sentado no chão com as mãos escoriadas.

◠◠◠

Ana Cervinski já havia riscado de seu bloco os nomes dos funcionários das duas escolas e dos vizinhos. Ninguém reconhecera a mulher da foto. Naquele momento, estava em frente ao prédio luxuoso onde o deputado e sua esposa moravam. Tocou o interfone na esperança de não ser rejeitada, e de fato não foi. Subiu até a cobertura, sendo recepcionada por uma empregada de uniforme. Ana calculou que poderiam morar pelo menos cinco famílias com conforto naquele apartamento. O chão de mármore branco, e todos os possíveis detalhes da sala de estar folheados a ouro, despertariam incômodo em qualquer um. Ana apenas confirmou sua opinião: dinheiro não significava bom gosto.

Foi orientada a se sentar em um sofá de camurça, também branco, e logo foi recebida por Maria Célia, que usava tantas peças douradas quanto o apartamento e tinha o cabelo fixado com laquê em pleno fim de tarde de uma segunda-feira.

A esposa do deputado cumprimentou a delegada com as mãos trêmulas. Ana viu em seus olhos uma aflição incomum.

— Desculpa a demora, eu estava ao telefone — disse Maria Célia.

— Não tem problema.

— Posso saber o motivo da visita? Descobriram alguma coisa? Eu achei que você estava afastada do caso. — Maria Célia sentou-se na ponta do sofá, empertigada, com as mãos nos joelhos. Falava rápido e se mostrava ansiosa.

— Serei muito breve, senhora. Não estou mais encarregada como chefe da operação, mas ainda faço parte do corpo da polícia e estou seguindo uma pista.

Maria Célia apertou as mãos, empalidecendo os nós dos dedos.

— Acredito que toda ajuda seja bem-vinda.

Ana retirou do bolso a foto da câmera de segurança do elevador e a mostrou para a mãe de Amélia.

— Você reconhece essa mulher?

Maria Célia fixou o olhar na foto e manteve as mãos fechadas.

— Não conheço. Quem é ela?

— É isso que queremos descobrir. É alguém que sua filha conhecia e com quem se encontrou durante toda a semana antes do desaparecimento. E ninguém parece saber quem ela é.

— Que estranho...

Maria Célia engoliu em seco, o olhar ainda na foto.

Ana aproveitou para perguntar se os pertences pessoais de Amélia tinham sido levados para o apartamento, e se ela poderia ver se encontrava algo que pudesse ajudar na investigação. Maria Célia encarou a delegada com os olhos arregalados. Pareceu pensar duas ou três vezes antes de se levantar, mostrar o caminho do antigo quarto de Amélia e indicar onde estavam as caixas com os pertences da filha, trazidos do apartamento em que morava.

As caixas estavam, em sua maioria, repletas de livros. Mais de uma centena de títulos. Outras caixas continham roupas, e uma em específico trazia materiais de escritório. Dentro dessa, Ana encontrou um estojo que, de tão cheio, quase estourava o fecho. Havia uma quantidade enorme de canetas, marca-textos de todas as cores, marcadores de página, papéis de bala e um achado que fez o coração da delegada palpitar por um segundo: um cartão de serviços de táxi. Fechou o estojo e guardou o cartão no bolso. Saiu do quarto ao ouvir uma movimentação na casa.

Luís Henrique e Gustavo chegaram juntos e se surpreenderam ao ver a delegada sair do corredor e entrar na sala de estar.

— O que você está fazendo aqui? — perguntou o deputado.

— Vim conversar com sua esposa. E, por sorte, vou poder conversar com vocês dois também.

Os homens, em um primeiro momento, pareceram se conformar com a fala da delegada.

— Temos uma nova pista no caso da Amélia. Vocês podem olhar esta foto e me dizer se reconhecem essa mulher?

Luís Henrique olhou a foto e ficou vermelho.

— Não faço a menor ideia de quem seja — respondeu o político.

— Também nunca vi — completou Gustavo.

— Olhem com mais cuidado, talvez vocês possam se lembrar de alguma coisa.

— Querida — disse Luís Henrique, em tom cínico —, vou pedir para que você se retire agora. Eu sei que está afastada da polícia e não queremos você cuidando do caso de nossa filha. Já tem sido doloroso o suficiente lidar com o luto. Em nome de Jesus, eu peço que a senhorita vá embora da minha casa.

A delegada e o deputado travaram olhares como se medissem a força um do outro. Ana já andava em direção à saída quando Gustavo disse que a acompanharia até a portaria.

— Peço perdão pelo meu pai — disse o rapaz, já no elevador. — Ele e minha irmã sempre tiveram uma relação muito conflituosa, e acho que ele se culpa por tudo o que aconteceu.

— Ele também não está colaborando para que o caso seja solucionado.

— Não há muito que a gente possa fazer. É tudo muito obscuro. — Gustavo hesitou. — Você pode me mostrar a foto novamente?

Ana entregou a foto ao irmão de Amélia, que suspirou profundamente.

— Realmente não a conheço.

— Sua irmã não mencionou nenhuma nova amizade? Como foi o contato de vocês nos últimos meses?

— Ficamos um pouco mais distantes depois que ela se mudou. O que dificultava o convívio eram minhas longas horas de trabalho no hospital. — Ele fitou o nada e pareceu esforçar-se para se lembrar de algo. — Não consigo lembrar se ela mencionou uma nova amizade.

—Vamos continuar investigando até descobrirmos quem é essa mulher e qual é a relação dela com a Amélia.

— Estou aqui para o que for preciso.

O elevador chegou ao térreo e o médico abriu a porta para Ana sair.

— Podem contar com a minha ajuda — reforçou Gustavo.

○○○

Em três mordidas, Ariel terminou de comer o sanduíche que comprara no posto de gasolina antes de perseguir a seta no GPS que indicava a localização do Camaro de Davi. Ele e Júlio estavam espremidos no Gol do policial, estacionados em uma esquina próxima.

— Todas as voltas que demos só para parar aqui no Santa Felicidade. Longe de tudo e nem podemos nos dar ao luxo de comer em um desses restaurantes — disse Ariel.

— O lugar perfeito para fazer negócios, não acha?

— O cara está parado ali há um tempão e nada aconteceu.

— Grande parte de uma investigação policial se resume a isso: esperar.

— Estou curioso para saber o que a Ana tem para nos mostrar. Pelo jeito, a ida à casa dos Moura rendeu alguma coisa.

— Eu também, mas estou ainda mais curioso para saber quem esse cretino está esperando — disse Júlio, apertando os olhos para enxergar o Camaro.

Eles haviam se certificado de que estavam distantes o suficiente para não serem notados, mas próximos o bastante para terem uma boa resolução de imagem com a câmera de Ariel.

— E você e a minha irmã, hein?

— O que tem? — disse Júlio, erguendo uma das sobrancelhas.

— O que tá rolando entre vocês dois?

— Não tá rolando nada. — Júlio sentiu a ponta das orelhas esquentarem.

Ariel riu ao ver o policial encabulado, reclinou o banco do carona o máximo que pôde e se espreguiçou.

— Cara, a polícia paga tão mal que você tem que dirigir um carro destes?

Quando Júlio abriu a boca para argumentar, Ariel bateu em seu peito e apontou para o lado de fora. Um carro antigo estacionou em frente ao Camaro. Um homem vestindo roupas pretas e um chapéu com abas largas saltou e caminhou até o carro de Davi, entrando pela porta traseira esquerda. Ariel começou a tirar fotos.

— Merda! A película é muito escura.

— Conseguiu pegar o rosto do cara que entrou?

— O chapéu está cobrindo o rosto.

— Pegou a placa do carro, pelo menos?

— Peguei. É um Corcel vermelho. Placa AGF-3515 — disse Ariel.

Ele ampliou a foto no visor da tela e mostrou para o policial. Júlio anotou a placa em seu bloco de notas.

Pouco tempo depois, o homem saiu, andou calmamente até seu carro e partiu. Júlio aguardava a movimentação de Davi já com a chave pronta na ignição. Porém, passados vinte minutos, o Camaro ainda se mantinha estático.

— Cara, não aguento mais — disse o fotógrafo, destravando a porta do Gol e se posicionando para sair do carro.

— Fique quieto, piá — ordenou Júlio, puxando-o pelo braço.

— Relaxa.

Ariel saiu do Gol e atravessou a rua de calçamento, iluminada, porém deserta, em direção ao carro de Davi. Júlio o seguiu, balbuciando diversos palavrões, enquanto se certificava de que sua pistola estava à mão.

Quando se aproximaram do carro, Ariel tentou abrir a porta do carona, mas Júlio o impediu, ordenando que ficasse para trás. Júlio assumiu a situação e bateu na janela, sem obter resposta. Aproximou-se da janela com as mãos nas laterais do rosto, na tentativa de enxergar o lado de dentro do carro.

— A película é muito escura, mas ele está aí.

Ariel engoliu em seco.

O tempo que o policial teve para abrir a porta do motorista foi o mesmo que teve para desviar do corpo que tombou no asfalto. A queda gerou um único som seco, como o do cair de um saco de batatas. Ao ver o rosto petrificado de Davi, com a boca escancarada, Ariel despejou no asfalto o que antes tinha sido um sanduíche.

Capítulo 16

Toco a campainha e aguardo, com os braços cruzados e a respiração profunda. Faço uma concha com a palma da mão e assopro para verificar se não estou com mau hálito. Prendo uma mecha de cabelo atrás da orelha e logo volto a soltar. Pondero se devo tocar novamente a campainha ou não. Aperto o botão no mesmo momento em que ela abre a porta.

— Sempre impaciente... E atrasada.
— Oi, mãe.

Cumprimentamo-nos com dois beijos no rosto e um abraço rígido.

— Sônia, já pode servir o almoço — diz minha mãe em tom imperativo para a copeira.

Quando minha mãe sai da cozinha, aproveito para matar a saudade de Sônia, que sempre me recepciona com um sorriso e o abraço macio de quem já é avó de três. O cheiro de roupa limpa misturado com o aroma dos temperos utilizados no almoço me desperta lembranças que há muito não revivia.

A memória dos cabelos dourados de Flora, que flutuavam enquanto corríamos pelos corredores do apartamento, misturada ao mesmo cheiro de limpeza, é tão vívida que me impressiono por revisitá-la só agora, depois de tantos anos, como se a tivesse guardado em um baú escondido, como um tesouro. Penso que talvez Luana não tenha sido a primeira mulher por quem me apaixonei. Flora é a filha mais nova de Sônia e, muitas vezes, foi minha companheira de brincadeiras.

— Como você tá, minha filha?
— Tô bem, Sô. Tava com saudade.
— Eu também. Você tinha que vir me visitar mais vezes. Só Deus sabe quanto tempo mais eu tenho até bater as botas... — diz ela com o sotaque carregado. Sônia é descendente de ucranianos e veio do interior do Paraná.
— Não fala uma coisa dessas! Você vai viver muitos anos, e ainda vai me ajudar a criar meus filhos.
— Se eu ainda estiver por aqui, vou mesmo. — Ela para e me analisa. — Está tão bonita. Diferente.
— Diferente como?
— Não está mais tão magrinha.
— Tô muito gorda, Sô?
— Tá linda, minha filha. A pele também está mais bonita. Tá apaixonada?
— Que bobagem. — Coro de imediato. — Tava aqui me lembrando da Flora... Faz tanto tempo que não a vejo. Como ela está?
— Ela tá bem, filha. Acabou de ganhar neném.
— Sério mesmo? Você já é avó de quatro, então?
— Já, Amelinha. E vou ficar muito feliz se vierem mais. — Ela abre um largo sorriso de satisfação. — Agora vai lá sentar antes que a sua mãe se incomode. Já vou servir o almoço.

Gustavo lê uma revista científica sentado no sofá da sala, sério e compenetrado. Eu o invejo, de certa forma, quando vejo como ele consegue se sintonizar tão bem com o meio em que fomos criados. Por mais que eu o conheça e saiba que tanto eu quanto ele não somos em nada parecidos com nossos pais, ele sempre foi um mestre em interpretar o filho ideal — sem conflitos, sempre confiante e, de certa forma, superior a todos nós. Ele ergue os olhos da revista e me cumprimenta com um sorriso.

— Oi, filha — diz meu pai, depois de aparecer do meu lado.

Cumprimentamo-nos também com um beijo em cada lado do rosto.

— Oi, pai.
— Como estão as coisas?
— Tudo bem.
— E o Rafael?
— Vai bem também.
— Ótimo.

Nossas conversas são assim: nunca duram muito mais do que uma meia dúzia de frases.

— Venham logo pra mesa. Vocês sabem que o almoço já está servido. Vem, Gustavo.

Minha mãe, em pé ao lado da mesa de jantar, verifica se tudo está de acordo com o que ela gosta. A oração é feita pelo meu pai, que pede que meu irmão complete com os agradecimentos. Minha família sempre ora com os olhos fechados. E eu, como em um ato de extrema rebeldia, mantenho os olhos bem abertos e faço questão de não acompanhar o uníssono.

— Sabe que não vai te tirar um pedaço se você orar conosco — diz minha mãe. E, antes que eu possa começar a pedir desculpas, dirige-se a meu irmão: — Me fala o que você quer, meu filho, que eu sirvo o seu prato.

— Não precisa, mãe. Posso me servir sozinho.

— É pedir demais deixar uma *mãe* servir um filho?

— Não, mãe, não é nada de mais — responde Gustavo, segurando o prato para ser servido.

Sinto o celular vibrar e não resisto a espiar a mensagem de Luana.

Tô com saudade.

— Amélia! — exclama minha mãe ao me ver com o celular à mesa. — É só um almoço de domingo, custa deixar o celular de lado? Logo você terá sua alforria.

— Desculpa, mãe.

— Como estão as coisas no hospital? — pergunta meu pai a Gustavo.

— Muito corridas, mas vida de residente é assim mesmo.

— E quanto àquela situação?

— Não precisamos falar sobre isso à mesa, Luís Henrique — intervém minha mãe.

— Tudo bem, mãe — diz Gustavo, com muita seriedade. — Ainda vão me chamar para dar a minha versão dos fatos, mas, sinceramente, não vai dar em nada.

— Se você precisar que eu fale com alguém, meu filho...

— Eu já falei com a Sandra — conta minha mãe, se referindo à esposa de algum tipo de chefe responsável pelo programa de residência do Gustavo; não acompanho bem a conversa, não entendo muito sobre a hierarquia do hospital. — Ela disse que vai conversar com o Abreu para que ele dê uma acalmada na situação.

— Sim, mas eu também posso falar diretamente com o Abreu — sugere meu pai.

— Sobre o que vocês estão falando? — pergunto para não me sentir tão excluída da conversa.

— Não é nada — responde minha mãe.

Meu pai volta a atenção para a comida. Eu, então, olho diretamente para Gustavo, para que ele mesmo me esclareça.

— Uma enfermeira do hospital está me acusando de ter... Bem... — Ele toma um gole de água enquanto busca pela melhor palavra para descrever o que aconteceu. — Ela está me acusando de assédio.

— Como assim? Assédio sexual? — pergunto, espantada.

— É, mas é mentira. A mulher é louca, perturbada!

— Mas o que você fez?

Não entendo como meu irmão pode ter sido acusado de assédio.

— Seu irmão não fez nada. É uma solteirona mal-amada. Sabe de quem o seu irmão é filho e viu uma oportunidade de se dar bem na vida.

— Não sabe o quanto isso pode prejudicar a carreira dele como cirurgião — completa meu pai.

— Espero que essa situação se resolva da melhor forma... — digo.

— Não vai dar em nada — afirma Gustavo. — Pelo simples fato — ele interrompe a frase para limpar a boca com o guardanapo de pano — de que eu não fiz nada. Nada.

— A Sandra sempre me conta que o Abreu gosta muito do Gustavinho. Não vai ser uma fofoca dessas que vai prejudicar o seu futuro, filho. — Minha mãe olha para Gustavo com orgulho.

— E você, Amélia? Tudo bem nas escolas? — pergunta meu pai.

— Tudo bem. Estou com um projeto novo para a turma do oitavo ano. Estava com dificuldade para estudar com eles os livros exigidos pela grade curricular do colégio. Então, pedi que eles elaborassem uma lista de leituras para trabalharmos em sala com base no que eles gostam, para poder despertar o interesse dos alunos de alguma forma.

Fico chateada ao ver que a eles pouco interessa quais são meus projetos dentro de sala de aula.

— Mas não seria mais importante eles se prepararem para o vestibular? — pergunta Gustavo.

— Eles ainda têm alguns anos para se preparar para o vestibular. Eu adoraria trabalhar os livros do Machado de Assis, mas hoje vejo que preciso que eles se interessem pela leitura primeiro.

— Por que não leva alguns dos livros da nossa congregação? — pergunta meu pai.

— Eles já têm estudo religioso na grade curricular.

— Mas isso não impede que você trabalhe com nossos livros. Temos ótimos autores que escrevem para adolescentes — acrescenta minha mãe.

Assinto em silêncio e me sirvo de mais uma porção da maravilhosa lasanha que Sônia preparou.

— Acho que já deu de lasanha, Amélia — comenta minha mãe quando me vê servindo um segundo pedaço.

Hesito por um segundo com a colher na mão, mas a lasanha está tão deliciosa que não consigo negar um segundo pedaço.

— Aquele vestido de flores brancas que eu te dei ainda serve? — insiste ela.

— Teria que experimentar, por quê?

— Pensei que você podia usá-lo no chá de panela da filha da Sandra, mas acho que você aumentou um número de roupa.

— Não pretendia ir ao chá de panela da filha da Sandra. Mal a conheço.

Minha mãe me fita com as sobrancelhas arqueadas.

— É esperado que você vá.

Começo a sentir o botão da minha calça apertar na barriga e perco a vontade de comer o resto da lasanha.

— Desculpa, mãe, mas não tenho a mínima intenção de fazer algo simplesmente porque é o esperado — digo, surpreendendo até a mim mesma.

O silêncio reina durante o restante do almoço. Quando Sônia serve o café, faço questão de colocar duas colheres de açúcar.

∞

Ao abrir a porta para Luana, não dou tempo para que ela diga nada. Puxo-a em minha direção e a beijo.

— Calma, linda... — diz ela ao se afastar e me fitar com curiosidade. — Oi! Tudo bem?

Tenho a urgência de levar Luana para o quarto. Ela entende e corresponde. Não é sempre que tenho o apartamento só para mim. E preciso de uma dose de saciedade.

— Quer me contar sobre o almoço na casa dos seus pais? — pergunta ela depois que já estamos na cama.

— Definitivamente... não.

Deposito em Luana, cada vez mais, o escape das minhas angústias. Ela sabe o que fazer. Sabe como enxergar e como acalentar. Entende quando palavras não são necessárias. Depois do sexo, me distraio passando os dedos pelos contornos de suas tatuagens. Luana quebra o silêncio.

— Até quando vamos manter nossa relação desse jeito?

Não sei o que dizer. Querendo ou não, sabia que mais cedo ou mais tarde nossa história esbarraria neste momento em que teríamos a conversa que tiraria nosso romance da bolha em que eu o coloquei. Mesmo assim, não sei o que dizer.

— Até quando nós vamos continuar nos encontrando às escondidas? Não vou negar que eu também estava gostando dessa sensação de desejo proibido, mas isso só vai até certo ponto.

— E o que você quer fazer? — pergunto, covarde demais para me posicionar.

— O que *eu* quero fazer? Eu não quero é quebrar a cara... — diz ela, se sentando na cama enquanto me fita com gravidade. — Eu me deixei ir longe demais nessa história e sei que você também. Sei que você está tão apaixonada por mim quanto eu por você. E talvez eu saiba melhor do que você mesma que você viveu nesses últimos meses muito mais do que nos últimos anos. E que o coxinha do seu noivo nunca te satisfez como eu te satisfaço.

— Eu não sei o que dizer, Luana. O que você espera de mim?

— Eu não quero mais ser a outra, Amélia. Simples assim. Eu não quero ter que entrar e sair da sua casa na ponta dos pés ou esperar você me ligar quando o Rafael estiver em um compromisso de última hora. Não quero não poder te ligar de noite porque eu sei que você está com ele. Eu quero que você seja minha e de mais ninguém. É isso, Amélia. É isso que eu espero de você.

— Eu não sei se eu posso te dar tudo isso, Luana. — Demoro muito tempo para dizer o que me vem à cabeça. E falo clara e pausadamente: — Eu não sou lésbica.

Vejo os olhos de Luana marejarem, furiosos, e o sentimento é como o de um golpe no peito. Ela se levanta em busca das roupas espalhadas pelo quarto.

— Espera, Luana...

— Esquece, Amélia. É melhor eu sair daqui de uma vez.

— Me desculpa!

— Olha, Amélia, ter deixado você entrar na minha vida dessa forma foi uma das piores escolhas que eu fiz. — Seus olhos estão vermelhos pelo choro e também pela raiva. —Você vai se arrepender.

Capítulo 17

O corpo de um homem foi encontrado na manhã desta terça-feira dentro de um carro no Santa Felicidade. Segundo a polícia, trata-se do corpo de Davi Vasconcelos Nunes, quarenta e sete anos, médico-legista do Instituto Médico Legal de Curitiba. A vítima sofria com o vício em jogos e acredita-se que o homicídio tenha ocorrido em razão de dívidas antigas. A causa da morte ainda não foi divulgada. Fique atento para mais informações, a qualquer momento, aqui no jornal...

... E continue nos acompanhando. No próximo bloco, esqueça tudo o que você sabia sobre o abacate. Cientistas descobriram que a fruta é capaz não só de prevenir doenças cardiovasculares, como também o câncer...

Júlio sentiu a temperatura do seu corpo cair e as palmas das mãos suadas. Ele, Ana e Ariel assistiam ao noticiário na casa da delegada.

— O João Gabriel conseguiu um acordo com a imprensa pra segurar um pouco mais as informações, mas não vai demorar muito pra soltarem o resto.

— Como estão reagindo a isso na polícia, depois que você levou a gravação? — perguntou Ana.

— Estão morrendo de medo de um escândalo.

— E vão exumar o corpo da Amélia? — questionou Ariel.

— Vão. Foi difícil explicar como eu estava seguindo a pista do Davi por conta própria. Antes que o delegado dissesse qualquer coisa, alertei que a história poderia vazar na imprensa e que a imagem da polícia ficaria ainda mais manchada. Joguei a cartada de que ainda dá tempo de limpar nossa imagem.

— E foi o suficiente? Porque, bem... não existe nenhuma prova de que o Davi fraudou o laudo da autópsia. O que nós temos é apenas uma gravação de uma garota que não está relacionada ao caso — disse Ana.

— Eu sei disso. A sensação que eu tive é de que esse não foi o primeiro indício de suborno do Davi. Algo me diz que o Ministério Público já estava de olho nele, esperando qualquer brecha para abrir uma investigação.

— Agora resta torcer para que a exumação revele algo de concreto — disse Ariel.

— Tenho esperança de que sim — respondeu Júlio.

— A morte do Davi tornou essa história muito mais grave do que imaginávamos — disse Ana.

— A principal teoria da polícia, de que Amélia foi assassinada por um maníaco, irá por água abaixo caso a exumação mostre algo de diferente.

— E o que gente faz agora? Espera? — perguntou Ariel.

— A moça do elevador! Temos que ir atrás dela — disse Ana para Júlio.

— Acho que é uma boa hora para chamarmos um táxi.

∞

Quando o táxi estacionou em frente ao prédio, os três passageiros embarcaram. Júlio se sentou no banco do carona e a delegada e o irmão, no banco traseiro.

O taxista pareceu tenso, como se um cerco tivesse se fechado ao seu redor. Engoliu em seco quando Júlio mostrou seu distintivo e orientou que ele apenas começasse a rodar. Era a intenção dos investigadores causar a sensação de claustrofobia no motorista. Ainda não podiam levá-lo para uma sala de interrogatório, mas isso não significava que ele não pudesse se sentir em uma.

— Eu estou em algum tipo de encrenca? — perguntou o taxista, que quebrou o silêncio depois de andarem os primeiros cem metros. Gotículas de suor escorriam por seu pescoço.

— Algum motivo para o senhor achar que está metido em uma encrenca? — perguntou Júlio, austero.

O motorista balançou a cabeça em negativa, ao mesmo tempo que projetou o lábio inferior, o que acusava certa dose de dúvida. O táxi, forrado por um carpete seboso, fedia a suor, cigarros e perfumes baratos. O carro parecia nunca ter sido devidamente higienizado e provocou náuseas em Júlio, que se esforçava para manter a postura.

Ao pararem em um semáforo, Ana estendeu a foto da mulher no elevador para o motorista. Ele afastou a fotografia e espremeu os olhos para examinar melhor a imagem. Depois, assentiu em concordância, mesmo que nada tivesse sido perguntado.

—Você a conhece? — perguntou a delegada.

— Sim. Costumava fazer corridas pra ela e pra uma amiga. Eram clientes fixas. É uma moça muito bonita... E insinuante... Entende o que eu quero dizer? — O taxista deu uma piscadela para o policial.

— Não entendo, não. Por amiga o senhor se refere a Amélia Moura, filha do deputado Luís Henrique?

O semáforo ficou verde e o motorista se voltou para a frente, naquele momento mais sério por ter entendido sobre o que se tratava aquela conversa.

— Era ela, sim. Mas só fui saber depois de ter visto a foto na televisão.

— E qual é o nome dessa mulher? — perguntou Ana, apontando para a foto.

— Eu não sou bom com nomes... Acho que era Laura ou Lúcia... Algum nome com L. Elas não eram muito de conversa, e eu só observava. Com certeza estava rolando alguma coisa entre elas. As duas eram muito bonitas... Mas acho que eram sapatas, entende? — disse ele em tom de deboche.

— O senhor está dizendo que acha que elas eram namoradas? — questionou a delegada. — E por que só estamos sabendo da existência dela agora? — Ana pensou em voz alta.

— Aí eu já não sei, moça — disse o taxista.

— Delegada — corrigiu Júlio.

— Depois que a filha do deputado desapareceu, a outra moça também parou de me ligar. Ela quase sempre ligava para que eu a buscasse no teatro onde ela trabalhava e a levasse na casa da amiga.

— E onde fica esse teatro? — perguntou Ana.

— Em um muquifo no centro da cidade.

— Você lembra o nome?

— Sei lá. Alguma coisa do corpo.

Enquanto Júlio e Ana continuavam o interrogatório, Ariel anotava as informações no bloco de notas que pegara emprestado da irmã. Grafou:

Nome com L.
Teatro.

∞

Júlio fixou a foto da desconhecida no mural de cortiça ao lado dos outros suspeitos.

— Uma namorada que não aparece para prestar queixa sobre o desaparecimento da companheira e que nunca apareceu no nosso radar durante todo esse tempo — disse Ana, pensando alto. — Uma relação complicada, às escondidas. Um crime passional.

— Ou ela teve outro motivo para não dar depoimento. Sei lá... Ela pode ter sido ameaçada — sugeriu Ariel.

— De qualquer forma, temos que investigar — declarou Júlio.

— Acho que com essas informações eu consigo encontrar alguma coisa — disse Ariel, no sofá, com o laptop no colo.

Ele fez um sinal para que Júlio se sentasse ao seu lado e o ajudasse a identificar a foto da garota, caso cruzasse com seu perfil nas redes sociais. O policial se sentou, tentando manter distância ao mesmo tempo que buscava se inclinar para visualizar melhor a tela do computador.

— Não precisa ter medo, não, gato. A minha irmã não vai ficar com ciúme. E eu não mordo — ironizou Ariel com rispidez.

— Nada a ver, Ariel — disse Júlio, já com a ponta das orelhas enrubescidas.

— Desculpa, cara. Não vou fingir que essa nova pista não mexeu comigo. É muito complicado, sabe? Pensar que talvez essa menina esteja morta, que talvez o assassino ainda esteja lá fora, só porque é melhor engavetar a investigação do que revelar a verdade para o mundo.

Ariel crispou os lábios. Ana se sentou no braço do sofá e abraçou o irmão, dando-lhe um beijo na testa. Em uma busca rápida, Ariel encontrou o site de uma companhia de teatro chamada O Corpo Anárquico, localizada no centro da cidade. Clicou em uma foto de divulgação da peça que estaria em cartaz no próximo mês. Na fotografia, a mulher estava entre outras cinco pessoas sobre o palco. Todas usavam roupas de lycra que simulavam a cor de suas peles, o que dava a impressão de que estavam nuas. Logo abaixo estavam listados os nomes dos artistas.

— Luana Pinheiro — disse Ariel, aproximando o rosto da tela do computador até quase encostar o nariz.

⊖⊖⊖

Os três chegaram ao endereço que constava no site da companhia. Ana conferiu duas vezes o número do prédio.

— Parece um prédio abandonado — disse Júlio.

Ao abrir a porta, a mão de Ana ficou empoeirada. O salão do antigo teatro cheirava a mofo. O carpete vermelho ensebado revestia a escada que ligava a porta ao palco. Dentro, um grupo de jovens sentados em círculo no chão liam textos em voz alta. Todos se viraram para o trio quando a porta bateu.

— É um ensaio fechado! — gritou um dos artistas, por causa da distância.

— Luana? — testou Ana, se aproximando do grupo.

Uma jovem se levantou.

∞

— Então você é policial... — disse Luana a Júlio, enquanto procurava a carteira de cigarros na bolsa em um movimento automático. Quando se deu conta de que não poderia fumar dentro da padaria, depositou a carteira de volta no fundo da bolsa.

—Viemos aqui para conversar sobre a Amélia Moura — disse Ana.

— Eu imaginei — respondeu Luana, que olhava em torno do estabelecimento, amedrontada. — Olha, eu não sei como posso ajudar vocês.

— Melhor deixar que a gente decida o que ajuda ou não — disse Ana em um tom que fez Luana se retrair na cadeira.

— Quer um café? — perguntou Ariel, depois de já ter chamado a garçonete.

— Como você e a Amélia se conheceram? — indagou Ana, o bloco de anotações na mão.

— Nós nos conhecemos em um casamento, mas eu nem sequer conhecia os noivos.

— E como se encontraram? Você já sabia quem ela era?

Ana escrevia no bloco e fitava a moça alternadamente.

— Olha, eu realmente preciso de um cigarro — disse Luana, que parecia suar pelas mãos.

— Podemos terminar rápido se você responder às nossas perguntas.

— Sabemos que você esteve com a Amélia até poucos dias antes de seu desaparecimento. Temos isso registrado em vídeo. E estamos tentando entender por que te conhecemos só agora — explicou Júlio.

Os dois policiais fechavam o cerco, tornando o clima muito desconfortável para todos.

—Vocês não deveriam estar me interrogando na delegacia? — perguntou Luana. Olhava para os lados, como se estivesse sendo observada.

—Você prefere ser interrogada na delegacia?

— Eu não sei o que vocês estão pensando, mas eu não tenho nada a ver com o desaparecimento da Amélia. Minha história com ela foi apenas um... lance. Na verdade, não sei dizer o que foi.

— Quando você descobriu que a Amélia estava desaparecida, não te ocorreu procurar a polícia? — perguntou Ana.

— Não estávamos mais juntas.

— Por quanto tempo ficaram juntas? O que foi esse "lance" entre vocês?

— Como eu disse, nós nos conhecemos no casamento de um dos sócios do escroto do noivo dela. Eles tinham brigado, Amélia teve um acidente com o vestido, e eu a ajudei. Não, eu não fazia ideia de que ela era a filha daquele deputado fascista. E, sim, tivemos um relacionamento por alguns meses, que acabou porque ela se casaria com um cara rico e bem-sucedido, que vocês conhecem bem. Esse é um bom resumo da história — disse Luana, acelerada, com aspecto febril.

— Nós vimos, na gravação da câmera de segurança, que você visitou Amélia duas semanas antes de seu desaparecimento. O que você foi fazer lá? — perguntou Ana, checando as datas em seu bloco.

— Nesse dia terminamos nosso namoro... relacionamento... lance... ou qualquer nome que você queira dar para o que tivemos. Eu mesma não sei o que foi.

— Por que terminaram? Vocês brigaram? — perguntou Júlio.

— Terminamos porque é impossível levar um relacionamento escondido por muito tempo.

— Foi ela quem terminou com você? — perguntou Ana.

— Que diferença faz?

— Você aceitou o término? Ficou com raiva dela? — insistiu a delegada.

Os policiais criaram um clima tão sufocante que Ariel já não suportava observar o desconforto da moça.

— Sabe, eu também preciso muito de um cigarro — disse o fotógrafo, se levantando. Ana lançou um olhar de objeção. — Relaxa, Ana, só vamos fazer uma pausa.

Ele fez um gesto apaziguador com a mão, para cima e para baixo, pedindo calma.

∞

— Nossa, tinha me esquecido do frio que faz em Curitiba — disse Ariel, enquanto acendia o cigarro doado por Luana.

A mulher permanecia em silêncio. Com as mãos trêmulas, fumava em longas tragadas. Por alguns minutos, os dois não conversaram. O fotógrafo, possivelmente por empatia, gostaria que Luana sentisse que podia confiar nele. Que soubesse que ele a entenderia.

— Vocês se amavam? — perguntou Ariel.

— Eu amei Amélia. Muito. E ela também me amou, eu sei disso.

— O que aconteceu?

— A vida. Eu fui muito idiota por achar que a filha de um pastor, criada para seguir todos os protocolos de uma vida heterossexual, sairia do armário por minha causa.

— Deve ter sido muito difícil.

Luana terminou o primeiro cigarro e logo puxou a carteira para acender mais um. Remexia violentamente a bolsa bagunçada atrás do isqueiro. Ariel não sabia o que pensar: ou ela estava muito nervosa ou estava drogada. Ou os dois.

— Essa vida é muito bizarra, cara. Você não tem ideia de como tem sido. E agora... Ser enquadrada na investigação como se eu pudesse ter algo a ver com a morte dela. Sinto falta da Amélia todos os dias e não posso falar com ninguém sobre isso. É muita crueldade. — Luana encarou Ariel com os olhos marejados, até seu queixo tremia. — Eu tô cansada. Quase não saio mais de casa. Estou sempre com medo. Os ensaios têm sido uma porcaria.

— O que você tá querendo dizer? Alguém ameaçou você?

— Cara, por que você acha que eu não procurei a polícia assim que a Amélia desapareceu? Por que acha que ninguém nunca ficou sabendo da minha existência? — Luana quase gritava. — Um dia eu estava saindo da minha casa e um cara me encostou na parede com a porra de uma faca apontada para o meu pescoço, dizendo pra eu esquecer que um dia conheci a Amélia e que, se eu abrisse a boca pra polícia, estava dado o aviso. Tô tendo que segurar essa barra sozinha, com medo de também acabar enterrada em algum fim de mundo.

Ariel não soube o que dizer. Cruzou os braços e observou Luana, mostrando-se acolhedor e disposto a escutar.

— E agora vem a polícia me enquadrar como se eu fosse a culpada. — Luana pausou e respirou profundamente para diminuir o ritmo da fala. — A morte da Amélia não importa, entende? Ela era diferente. Vivia na mais alta camada social desta merda de cidade. Quem ela era pouco importava. O que importava, e ainda importa, é o papel que ela precisava cumprir. Viva ou morta, não querem que ela suje o nome da família. Você consegue entender isso?

Ariel conseguia.

— Quem você acha que matou a Amélia?

— Antes até poderia jurar que foi o noivo. O cara é louco. Um narcisista cheio da grana que se acha o dono do universo. Mas eu já não sei mais.

— Ela nunca falou nada do noivo? Sobre ele ser agressivo ou ameaçá-la?

— Ela não precisou me falar. Eu vi o olho roxo e as marcas que ele deixou nela. Acredite, eu gostaria muito de ver esse cara preso. Mas, ainda assim, eu penso que...

— Pensa o quê?

— Penso que nem todo pai consegue lidar com o fato de ter uma filha sapatão.

Capítulo 18

Acendo um dos cigarros mentolados que Luana deixou para trás na semana passada. A primeira tragada provoca tosses engasgadas. Meus olhos lacrimejam em contato com a fumaça, e, quando me dou conta, estou chorando. Durante toda a semana precisei suportar o retorno do vazio, a dificuldade para me concentrar e a constante falta de ar. Suspirei tantas vezes que cheguei a pensar que talvez fosse preciso consultar um médico.

O mergulho na melancolia não é novidade para mim. O diferente é que nunca experienciei tamanha ambiguidade de sentimentos. Depois de ferver a cabeça com as lembranças da minha tão breve nova vida, tenho lapsos de alívio por ela ter acabado. Tenho dentro de mim a ideia de que seria muito bom se eu pudesse apagar as lembranças do que aconteceu e recomeçar antes do ponto em que a conheci. Antes de despertar em mim a fome e a sede de tudo. Antes de aceitar que tudo bem se o fulano beija meninos ou se a beltrana fuma maconha. Antes daquele maldito casamento.

Sinto como se estivesse de pé à beira de um precipício: encantada, olhando para baixo, com vontade de pular para o desconhecido. A promessa de uma vida mais leve e com mais possibilidades. Logo atrás, tudo o que eu conheço: meus pais, meu irmão, Rafael. O amor que eu já possuo. Ele me impede de pular. Ensaio uma segunda tragada no cigarro e desisto. O cheiro me enoja. Não é como o aroma impregnado na pele dela. Vou até a cozinha para comer qualquer coisa e cruzo com Mônica na sala, assistindo à novela. Ela tenta engatar uma conversa aos berros, ela no sofá e eu na cozinha. Odeio que falem comigo aos gritos, e hoje minha disposição para Mônica, para seu jeito de falar, para sua voz estridente, é mínima, quase nula. Ela conta alguma fofoca do trabalho. Ouço o que ela fala sobre Rafael, mas o resto soa apenas como uma massa sonora incompreensível. Passo por ela sem me importar com o fato de meu desinteresse estar evidente. Sou capaz de sentir que ela engole a raiva quando a deixo falando sozinha.

No quarto, deito na cama com as luzes apagadas. Sinto uma inquietação misturada com tédio. Não tenho concentração para ler ou trabalhar. Não tenho paciência para me distrair com a televisão.

O telefone vibra e a tela se acende. É Rafael. Pela primeira vez em quatro anos, não atendo uma ligação dele. Em um impulso, me levanto da cama e troco de roupa. Me arrumo o suficiente para sair de casa sem me sentir feia. Pego um táxi qualquer e peço que o motorista dirija até a avenida onde fica a maior concentração de bares e boates da cidade. Apesar de ser uma quarta-feira, a vida noturna de Curitiba está borbulhando. O trânsito está lento, os carros passando em baixa velocidade para observar as pessoas aglomeradas nas calçadas, a maioria em filas para entrar nas casas noturnas.

Passamos lentamente pela boate em que Luana me trouxe no dia em que nos beijamos pela primeira vez. Sinto o coração acelerar e o corpo paralisar. Eu me lembro de me sentir um peixe fora d'água, encantada com a desinibição dela.

Quando chegamos ao final da quadra, digo ao motorista para parar o carro.

Caminho em direção ao final da fila. Penso duas vezes e me sinto ridícula. Não faço ideia do que vim procurar aqui. Torço para que ainda dê tempo de chamar o táxi de volta, mas já não vejo mais o carro. Ando pela lateral da fila e penso em continuar até voltar para casa. Sinto alguém puxar meu braço. Não pode ser Luana, mas, por um milésimo de segundo, torço para que seja. Viro o rosto e me deparo com Jaque, a menina que conheci na festa em que as pessoas dançavam com a lua e chupavam pirulitos. Ela me cumprimenta como se fôssemos grandes amigas e me convida a ficar com ela e seu grupo. Cogito se é uma boa ideia, mas acabo cedendo, porque voltar para casa me parece insuportável. Os amigos de Jaque têm regalias na boate e, com eles, consigo entrar por uma porta lateral, sem esperar na fila.

Ao entrar no salão, sinto como se tivesse mergulhado de cabeça em um mar sonoro. As caixas de som vibram a pancadas, como se as batidas graves pudessem explodi-las a qualquer momento. Vamos direto para o balcão do bar comprar bebidas. Peço uma cerveja e sinto meu estômago revirar quando a bartender serve copinhos de doses de bebidas coloridas com cheiros fortes. Bebo com rapidez a cerveja e peço outra logo em seguida. Percebo que Jaque me observa.

Os amigos dela tentam conversar comigo e perguntam sobre a minha vida. Dou respostas evasivas e monossilábicas. Mesmo que não estivesse aguentando a solidão do apartamento, não pretendia fazer novos amigos hoje.

Vamos para a pista de dança, afinal, é isso que as pessoas fazem nas festas. A maioria está de óculos escuros. Os meninos mexem nos bolsos enquanto olham para os lados. A turma do entorpecente. Bebo uma terceira cerveja. Ignoro qualquer desconforto e tento dançar com os olhos fechados. Meu corpo está pesado. Bebo a quarta cerveja.

Jaque se aproxima. Ora tenta movimentar o corpo como eu, ora tenta me mostrar como se dança. Vejo que ela tira algo do bolso, leva à boca e morde. Antes que eu entenda o que é, ela coloca a outra metade do que mordeu dentro da minha boca. O gosto amargo é horrível. Tento levantar a mão para tirar, mas ela me segura sorrindo e me fala ao pé do ouvido para tomar mais um gole da cerveja. Não faço ideia do que acabei de engolir, mas permaneço cética de que algo possa acontecer.

Acredito que uma meia hora tenha se passado. Sinto como se, de fato, atravessasse uma cortina para outra dimensão. Noto meu corpo ficar mais leve ao mesmo tempo que todos os meus músculos se contraem. Sinto a respiração ficar comprida, suspirante. Consigo perceber todos os músculos que fazem meus pulmões se expandirem e sinto prazer nisso. As luzes da pista se tornam intensamente coloridas e irritantes aos olhos, até que um dos meninos do grupo coloca em mim um par de óculos escuros. Agora entendo por que os usam em ambientes fechados. O mundo congela por um segundo enquanto minhas pupilas dilatadas se adequam. E então ela vem: a onda. A música entra em mim como uma enxurrada. Meu corpo parece ter vida própria. Nessa nova dimensão, as coisas fluem de outra forma, indefinível. Passo a mão pelos cabelos e sinto todo o meu corpo se arrepiar.

⚭

Dou por mim quando minhas costas batem na porta da cabine do banheiro. O beijo de Jaque é eletrizante. Eu a puxo para mais perto e a aperto com força. Suas unhas afundam em minhas costas, mas não sinto dor. Ela me prende contra a porta e me imobiliza. Trava os olhos nos meus. Passa a mão em meu rosto, primeiro de forma carinhosa, deslizando a ponta dos dedos pela minha nuca. Depois, aperta os dedos no meu pescoço. Perco o ar. Jaque me observa com o olhar mais sádico que já vi e, com a outra mão, abre o zíper da minha calça. Estremeço. Voltamos a nos beijar com violência. Sinto as batidas do meu coração ribombarem nos meus tímpanos. A excitação transborda, e penso que posso entrar em colapso a qualquer momento. A falta de ar, antes prazerosa, agora se torna insuportável, e uma náusea me arrebata na mesma intensidade. Eu a afasto com um empurrão desajeitado, sem dizer nada, e saio do banheiro sem olhar para trás.

Ando por entre a multidão aos tropeços, sem pedir licença, em direção à saída. O tempo que levo para colocar o pé na calçada é o mesmo que levo para colocar para fora toda a cerveja que bebi. Meu estômago se contrai violentamente.

⚭

Me sinto pesada, envergonhada e esgotada. O que eu esperava, afinal? Quero ir para casa. Não sei a quem recorrer. Preciso ligar para alguém conhecido.

Espero meia hora sentada no meio-fio, assistindo às pessoas seguirem o rumo do final da noite.

Ao entrar no carro, me deparo com um olhar de desprezo e ira. Suas mãos apertam o volante com tanta força que os nós de seus dedos empalidecem. Meu sangue gela. Sinto medo.

Capítulo 19

Pela tela do celular, Ariel, Ana e Júlio assistiam ao vídeo de um culto ministrado por Luís Henrique, datado de alguns meses antes do desaparecimento de Amélia. No vídeo, o pastor-deputado, com sua vasta cabeleira imobilizada pelo excesso de gel e laquê, esbravejava no púlpito, banhando os fiéis mais próximos com perdigotos. Seus gritos, vez ou outra, subiam uma oitava e desafinavam sua voz, fazendo-o soar como um adolescente púbere.

... será que vocês não percebem que o diabo está tentando macular nossos filhos? Eu já não sei mais o que devo fazer, sinceramente. Eu venho aqui, senhoras e senhores, diante do púlpito, para falar em nome de Deus, porque essa foi a missão de vida que me foi dada! E não entendo como num país onde a absoluta maioria das pessoas se diz temente a Deus e uma mísera minoria é promíscua, deixamos que homens efeminados, lésbicas, travestis, transexuais e PEDERASTAS apavorem um país inteiro quando são apenas cinco por cento de uma população de duzentos milhões... Gravem bem isto: cinco por cento! E agora temos uma lei dizendo que homens e mulheres homossexuais podem ter

uma união estável, algo parecido com um casamento. CA-SAMENTO! E ninguém tem coragem o suficiente para peitar essa decisão do Supremo Tribunal Federal. EU FICO ENLOU-QUECIDO, senhoras e senhores. O DIABO ESTÁ EM FESTA, SENHORAS E SENHORES, MAS NÓS ACABAREMOS COM A FESTA DELE. Temos que cortar o mal pela raiz. Como fiéis tementes a Deus, NÓS somos os soldados contra o diabo...

Ariel largou o celular e foi até a cozinha tomar um copo de água. Sentia seu corpo inteiro amortecido de raiva.

— Você acha que esse cara seria capaz de matar a própria filha? Que ele não simpatiza com a causa eu já sabia... Mas eu nunca tinha visto um discurso desses — disse Júlio a Ana.

— Depois de todos esses anos na polícia, eu aprendi a não duvidar do absurdo.

Ana sentiu um leve peso na consciência. Lembrou-se do que Ariel falara para Júlio sobre a rejeição que Amélia sofreu. Ela nunca sentiu que a sexualidade do irmão mudava seus sentimentos em relação a ele, mas também não esteve suficientemente presente quando ele precisou. Quando Ariel se mudara para São Paulo, ela ficara mais de dois anos sem vê-lo e nunca desmentia quando os pais inventavam para conhecidos da família histórias sobre namoradas fictícias. A violência pode se apresentar de diversas formas.

— Temos que ficar de olho nessa Luana. Estou muito intrigada com toda essa história. Parece que o buraco é muito mais embaixo.

— Eu já avisei ao delegado, e eles já estão tomando as providências necessárias para pegar o depoimento oficial dela. O foco deles agora é encontrar o cara que assassinou o Davi, que pode muito bem ter sido o mesmo que tentou calar a garota.

— Algum progresso nesse sentido?

— Ainda não. A placa que fotografamos pertence a um carro roubado. Não conseguimos uma foto do rosto do homem.

— Um matador profissional, provavelmente.

— E o que nós vamos fazer agora? — perguntou Júlio.

— Agora eu tenho que arrumar as coisas da dona Nika para ela voltar pra casa.

— Pode deixar que eu te ajudo.

Ana hesitou, mas concordou, agradecida por poder contar com alguém tão afetuoso como Júlio. Percebeu-se admirando seu corpo largo e forte, que lhe despertava um frio na barriga. Para afastar aqueles pensamentos, começou a empacotar os pertences da mãe.

⊖⊖⊖

Ariel aguardava ao lado da porta enquanto o irmão ajudava o pai a colocar seus poucos pertences em uma pequena mala. Observava a forma orgulhosa como o pai olhava para o primogênito, em quem dava tapinhas nas costas vez ou outra. Ariel respirou fundo e resolveu caminhar pela enfermaria. Passou por um quarto onde um senhor, não muito mais jovem que seu pai, olhava para o nada. A cadeira de acompanhante vazia fez com que o fotógrafo sentisse uma pontada de compaixão. O que teria acontecido em sua vida para que acabasse sozinho em uma cama de hospital? Observou o velho por mais alguns instantes sentindo uma incômoda identificação até uma senhora de cabelos brancos bem-arrumados entrar no quarto com um arranjo de margaridas e cravos vermelhos. Ela deu um beijo na testa do homem, que sorriu em retribuição. Ariel seguiu seu passeio, sentindo-se ridículo.

Passou por outro quarto onde pôde ver um jovem com não muito mais que trinta anos, claramente adoecido. Pele acinzentada, olheiras profundas e cabelos ressecados. Estava em pé em frente ao espelho, barbeando-se com a ajuda de uma mulher que Ariel supôs ser sua esposa. Teve o ímpeto de mandar uma mensagem para o namorado para dizer que estava com saudade. Com os pais retornando para casa, tudo voltaria a ser como antes e ele não teria motivos para permanecer em Curitiba. No entanto, ajudava a irmã na investigação do caso. Na verdade, sentiu-se como um adolescente inconsequente por ter entrado naquela história como se fosse uma aventura. Com a polícia engajada, não tinha por que continuar. Decidiu que compraria a passagem para São Paulo para o dia seguinte.

Caminhou até o balcão de enfermagem para se despedir da equipe que cuidara de seu pai e com quem passara a maior parte do tempo nos horários de visita. Ariel fazia amizades facilmente. Muitos membros da equipe se juntaram no balcão para a despedida. Entre abraços e risadas, Ariel viu Gustavo passar. Com um olhar indiferente para a equipe de enfermagem, o médico pegou alguns prontuários e saiu.

— Tão bonitinho — disse Ariel.

— Bonitinho até você conhecer... — disse uma das enfermeiras. — Esse aí não é flor que se cheire.

— Uma das nossas colegas foi demitida por causa dele — comentou a escriturária, entrando na conversa.

Ariel se apoiou no balcão e pediu a ela que contasse a história.

— Coisas do mundo em que vivemos. Ele forçou a barra pra cima dela e ela o denunciou. E o que aconteceu? Mandaram o bonitinho para o exterior, demitiram nossa colega e o caso foi abafado — disse a escriturária.

— E agora ele anda por aí como se nada tivesse acontecido — completou a enfermeira.

— Isso é muito grave. Ele não respondeu judicialmente por isso?

— Que nada. Está com a ficha limpa. Não sei o que fizeram pra calar a boca da menina, mas ela foi obrigada a retirar a queixa. E não tive mais notícias depois disso.

— O pai dele é deputado, né? Pessoas como ele estão acima da lei.

— O problema não é nem o pai dele. Você já conheceu a mãe? Olha, eu sou muito sensitiva... — disse outra técnica de enfermagem. — Meu sangue congelou quando eu vi essa mulher aqui no hospital. Isso não faz muito tempo.

Ariel sentiu os cabelos da nuca arrepiarem. Sua cabeça começou a funcionar em um fluxo acelerado.

— Bom, meninas, agora eu preciso ir. Foi um prazer imenso conhecer vocês.

O fotógrafo deixou o hospital e adiou a compra da passagem.

○─○─○

Júlio estava no banco do carona da TR4, e dona Annika e Mariana estavam no banco traseiro. Perfumada e penteada, Annika aparentava estar excepcionalmente lúcida. Ao chegarem à antiga casa, a mãe de Ana e a cuidadora foram as primeiras a entrar, enquanto Júlio descarregava o porta-malas. A delegada parou a seu lado com os braços cruzados, olhando para baixo. Buscava a melhor forma de demonstrar gratidão.

— Obrigada pela ajuda, Júlio. Sabe que não precisava, né?

— Não tem o que agradecer. É um prazer.

— É impressionante ver como ela está bem hoje. Não pode ser apenas coincidência, justo no dia da alta do meu pai. Quando o Ariel foi lá para o meu apartamento, ela também estava muito lúcida.

— Acho que não é mera coincidência. Vocês têm que se agarrar a esses momentos — disse Júlio, de repente pesaroso. — No fundo, ela sempre vai reconhecer vocês, mesmo que não se lembre dos nomes.

— Essa é uma forma otimista de ver a situação.

— É importante mantermos o otimismo. É um dos meus lemas... Mas eu sei que não é fácil. Também tenho momentos em que sinto vontade de jogar tudo para o alto e viver uma vida só para mim. Só que família é para isso, para nos lembrarmos sempre de que somos responsáveis por alguma coisa além de nós mesmos.

—Você nunca me falou sobre a sua família.

O policial sorriu sem mostrar os dentes e voltou a descarregar todas as bolsas do porta-malas.

Não saberia como compartilhar sua história com a chefe. Uma história que o enchia de remorso e que o lembrava de Sofia. Fazia mais de uma semana que não a visitava. Fez uma anotação mental de passar no mercado assim que terminasse de ajudar Ana. Seu telefone tocou e ele se afastou para atender enquanto a delegada entrava na casa levando os pertences da mãe.

⊂⊃⊂⊃

Ana sentiu um aperto no peito assim que entrou e sentiu o cheiro da casa em que cresceu. Foi até o corredor onde estavam pendurados os porta-retratos e se demorou na foto que mostrava os três irmãos, lado a lado, em ordem decrescente de idade e altura: primeiro André, depois Ariel e, então, ela. Todos com os cabelos mais loiros e brilhosos do que nunca. Ao lado, havia uma foto mais antiga, na qual Ariel era ainda um bebê no colo do pai. O Coronel sorria na foto — realmente um momento singular — e olhava para o filho com todo o amor do mundo.

Caminhou até o quarto de Annika, que já estava deitada, enquanto Mariana arrumava suas roupas no armário. Sentou-se na cama ao lado da mãe, que segurou forte sua mão. Ana deu um beijo em sua testa e sentiu uma vontade muito grande de aninhar-se em seu colo, mas a presença da cuidadora a inibiu.

— Espero que você não deixe de nos visitar, minha filha.

— Não vou deixar, mãe.

Ana se levantou e passou a ajudar Mariana a desfazer as malas. Júlio entrou no quarto pouco tempo depois, após bater à porta e pedir licença. Estava com o rosto vermelho e a respiração ofegante. Atropelando as palavras, pediu à delegada que fosse até a sala com ele.

— Acharam evidências de outras lesões pelo corpo, lesões graves que podem indicar que Amélia foi espancada alguns dias antes de sua morte, uma semana antes, aproximadamente. Luana não mentiu quando disse que Amélia tinha sido agredida.

— Coincide com a data do término dela com o noivo.

— Alguns resquícios de DNA foram encontrados debaixo das unhas de Amélia. Podem conter o DNA do assassino. Identificaram o DNA e o mandado de prisão preventiva já foi expedido — disse Júlio em um fôlego só.

— E aí, Júlio?! — exclamou Ana, impaciente.

— Rafael Salvattori... será preso ainda hoje.

Capítulo 20

Estou me sentindo um trapo. Sem pensar muito, mando uma mensagem para Luana na tentativa de uma reconciliação. A resposta demora, o que piora ainda mais meu estado de espírito. Sinto uma sensação brutal de esgotamento, que consolida a ressaca de ontem como a pior da minha vida.

Prometi a Rafael que passaríamos o final de semana com sua mãe, que vem do norte do estado para nos visitar. Preciso carregar na maquiagem para esconder os resquícios da noite não dormida e conseguir vencer o extenso ritual de protocolos com dona Margarete. Dar dois beijos no rosto, manter a postura ereta, me sentar na ponta do sofá. Atualizo-a sobre os assuntos da minha família e explico por que estou morando sozinha antes do casamento. Em seguida, partimos para um passeio no shopping mais caro da cidade, onde há lojas que vendem acessórios que custam mais do que todo o meu salário.

Não consigo explicar devidamente em palavras o que sinto quando cruzamos com Luana em frente à bilheteria do cinema. O choque por não esperar encontrá-la justamente ali mistura-se com a angústia de imaginar o que passa por sua cabeça ao me ver de mãos dadas com Rafael no mesmo dia em que enviei cinco mensagens desesperadas pedindo que ela voltasse para a minha vida. Ela me encara com fúria, e eu finjo que não a conheço.

Sinto o olhar de Luana como uma punhalada e me odeio profundamente pela minha covardia. Durante o resto da noite, não consigo interagir com Rafael e sua mãe. Agora tenho a certeza de tê-la magoado e decepcionado... de forma definitiva, irreversível.

No exato momento em que Luana desvia o olhar, agindo também como uma estranha, percebo o tempo se dilatar infinitamente. Eu estou sozinha. Recortada daquele e de todos os outros mundos. Sinto que meus pés finalmente tocam o fundo do poço.

Depois do filme, continuamos o passeio tedioso por entre as vitrines das lojas caríssimas. Vez ou outra, aceno com a cabeça em concordância quando Rafael aperta meu braço, um sinal de que deixei a mãe dele falando sozinha. Me permito imaginar que a vida poderia ser diferente.

Deixamos a mãe de Rafael na casa dele e vamos para a minha. Subimos o elevador em silêncio. Ao entrar no meu apartamento, digo com a voz tímida:

— Rafael, precisamos conversar.

— Tem que ser hoje? Estou podre de cansado.

— Tem que ser agora — elevo um pouco o tom de voz.

— O que é? Tá precisando de sapatos novos? — debocha ele.

— Que droga, Rafael. Será que você pode me levar a sério pelo menos uma vez na vida? — começo a gritar, sem conseguir me controlar.

— Baixa essa bola, Amélia. Que bicho te mordeu hoje? É TPM?

— Bicho nenhum me mordeu — digo, indignada.

—Tô te avisando: mulher minha não usa esse tom comigo. — Ele também está gritando agora.

— Ergo minha voz o quanto eu quiser, Rafael. — Os olhos dele dilatam, e eu o fito, decidida. — Não sou mais nada sua.

— Não estou entendendo. — Rafael recebe minhas palavras como um choque. — Deixe seus chiliques pra amanhã — diz, e me ignora enquanto caminha até o quarto.

— Eu estou terminando com você.

Rafael ouve displicente enquanto tira o terno e a gravata.

—Vou fingir que não ouvi isso. Amanhã nós conversamos. — Ele ri debochadamente.

— Não tem amanhã, Rafael. Estou terminando com você *hoje*.

Antes decidida, agora sinto que nunca estive tão trêmula em toda a minha vida.

— O que deu em você, hein? Não está satisfeita com o quê agora? Porque sempre são muitas coisas, né? Não está satisfeita com seus pais, não está satisfeita com as escolas. Agora sobrou pra mim? Não tenho paciência pra isso, não, Amélia. Vai chegar um dia em que você vai me encher tanto o saco que eu é que vou te dar um pé na bunda, e depois não adianta voltar rastejando pra mim.

—Você realmente não entendeu, né? — Estou parada na frente dele, decretando o término de nosso noivado, mas ele não me concede essa autonomia.

— O que eu tenho que entender? É melhor eu ir embora. E amanhã, se eu tiver cabeça, a gente conversa.

— Não vai ter amanhã... Estou apaixonada por outra pessoa.

Rafael cerra as mãos com tanta força que os nós de seus dedos empalidecem. Ele parece crescer, a respiração rápida e ruidosa. Pulo para trás, assustada, quando a prateleira inteira de livros voa no chão.

— Quem é o cara?

— Isso não importa.

Ele me pega pelo braço e, com força, me puxa para perto dele.

— Escuta aqui, sua vagabunda. Nós vamos terminar quando *eu* disser que nós vamos terminar!

— Me solta, Rafael! Você está me machucando.

— Não vamos mais falar sobre isso hoje. Vou dormir na minha casa e amanhã conversaremos com calma — diz ele, soltando meu braço.

— Não vamos conversar amanhã.

— Que merda, Amélia. O que foi que eu fiz? Não te dou tudo o que você quer? Não sou um bom noivo? — pergunta ele, com real surpresa. — Eu tenho dinheiro. Posso ter a mulher que quiser na hora que eu quiser. Pensa direito no que você tá fazendo.

— Eu não estou feliz e já tomei a minha decisão!

Seus olhos estão fixos nos meus, tão arregalados que não parecem os olhos que eu conheço. Estremeço quando o vaso de planta que ganhei de minha mãe voa de encontro à parede. Meu corpo inteiro treme de medo, mas não posso mais recuar. Este é o ponto sem retorno.

— Homem nenhum vai ser tão bom pra você quanto eu.

— Eu não estou apaixonada por outro homem.

— Como assim?

— Eu disse que não estou apaixonada por outro *homem*.

⊖⊖⊖

Ao abrir os olhos, tudo o que vejo é a luz vermelha e embaçada do rádio-relógio, que me mostra que perdi a primeira aula. Hoje não vou à escola. Ontem já havia ligado para a diretora inventando uma gastroenterite — ela preferiu que eu não compartilhasse os detalhes.

Tento lembrar o que aconteceu antes de eu ir dormir, mas o remorso e a angústia me impedem de relembrar cena a cena a patética noite anterior. Sinto-me suja, então me levanto e vou tomar banho. Ligo o chuveiro e me observo no espelho enquanto o vapor esquenta o banheiro o suficiente para que eu possa tirar as roupas que não tirei ontem antes de ir para a cama. Um enorme hematoma me impede de abrir completamente o olho esquerdo.

Começo a me despir e, aos poucos, o espelho revela as marcas, ainda bastante rubras, deixadas em meu corpo. Tenho as unhas vermelhas de sangue, porque, em algum momento, lutei para que Rafael parasse.

Não deveria estar surpresa, mas estou. Ontem, não vi um homem, mas um monstro com o rosto desfigurado pelo ódio. Não consigo entender como alguém que um dia foi meu principal objeto de afeto pôde se transformar em um completo desconhecido, com olhos selvagens, olhos que machucam.

Saio do banho e visto um short jeans e uma das camisetas de Luana, buscando aconchego no cheiro dela. Organizo os objetos espalhados pela casa — provas da noite anterior.

Não me lembro de muito mais coisa. Pelas marcas rubras distribuídas pelo meu corpo e pela garganta machucada, sei que o descontrole de Rafael não cedeu após um único soco.

Agora me resta apenas juntar os cacos. E talvez sumir do mapa.

Capítulo 21

Onde foi que você se meteu, piá? Tô aqui no hospital com o Coronel, pronto pra ir embora. Não vou poder esperar por você.

Ariel leu, displicente, a mensagem enviada pelo irmão. A bateria do celular estava acabando, tinha que economizar para o caso de precisar falar com Ana. Guardou o aparelho no bolso, desceu do tubo do ônibus e atravessou a rua em direção à praça em frente ao prédio em que o deputado Luís Henrique morava. Sentou-se em um banco afastado, do qual não poderia ser visto por quem saísse pela portaria do edifício. Tentava se manter discreto, observando a região e segurando sua câmera, aguardando que algo acontecesse.

Ele não sabia bem o quê.

⚭

De volta ao apartamento no Portão, Ana e Júlio desmontavam o que fora a sala de investigação improvisada. Retiravam as fotos do quadro de cortiça, e Júlio, sozinho, empilhava os arquivos e os guardava em caixas. A televisão sintonizava o noticiário local, que transmitia ao vivo a notícia da prisão de Rafael Salvattori, acusado de assassinar a filha do deputado estadual. João Gabriel apareceu em um breve depoimento para falar sobre os esforços da polícia dedicados à resolução do caso. Ao ser questionado sobre a fraude do laudo pericial, o delegado encerrou o depoimento com a afirmação de que todas as medidas investigativas já estavam sendo tomadas.

— Tomara que esse cara sofra o inferno dentro da cadeia — disse Júlio.

— É inevitável que sofra. Agora resta aguardar o julgamento e torcer para que ele continue preso.

— A história não para por aí. Precisamos descobrir como ele comprou o Davi e quem mais está envolvido nessa sujeira.

— Essa parte é melhor deixarmos para a investigação oficial... — Ana colocou as mãos na cintura e observou o escritório improvisado em sua sala de estar. — Fizemos um bom trabalho aqui, não fizemos?

— Fizemos. E preciso confessar que foi muito mais divertido trabalhar com você aqui do que na delegacia. — Júlio espichou um sorriso para a parceira.

Os dois terminaram de encaixotar os arquivos, e, aos poucos, a sala de estar voltou ao seu estado original. Júlio se aproximou de Ana e a puxou para um abraço. Um abraço apertado, em comemoração à resolução do caso, que se estendeu para algo mais. Júlio tomou coragem e fitou Ana nos olhos, em busca de permissão para um beijo. Concedida a permissão, sua mão logo deslizou pelo corpo dela e Júlio a trouxe para perto de si em um abraço firme. Ana se retesou por um instante ao se dar conta de que estava com a guarda baixa. Buscou as mãos de Júlio para se desvencilhar de seu abraço, mas esse movimento ia contra o desejo que pulsava dentro dela. Tirou o casaco de Júlio e permitiu que ele fizesse o mesmo com sua blusa. Apesar de estarem ao lado do sofá, onde transaram pela primeira vez, os dois foram juntos até o quarto.

⚬⚬⚬

Já estava entardecendo quando Ariel viu a X1 blindada encostar em frente ao prédio. Ao ver o motorista descer do carro, começou a fotografar quadro a quadro tudo o que conseguia. O funcionário deu a volta na lateral do automóvel e abriu a porta do carona para que Maria Célia saísse e entrasse na portaria, depois abriu o porta-malas e retirou diversas sacolas de compras, que entregou ao porteiro. Ariel clicava com velocidade. Sentiu um calafrio na espinha quando fotografou o motorista olhando diretamente para a câmera. O coração de Ariel acelerou, mas foi se acalmando quando ele viu que, na verdade, nada chamara a atenção do homem, que logo entrou no carro para conduzi-lo até a garagem. Sentia os nervos à flor da pele por estar agindo sozinho daquela maneira.

Sentado no banco da praça por mais meia hora, viu o motorista sair pela portaria do edifício e caminhar em direção ao ponto de ônibus. Seu expediente havia acabado. O ônibus já se aproximava quando Ariel teve o ímpeto de se levantar. Alcançou o celular no bolso para ligar para a irmã, mas hesitou e atravessou a rua, apressado. Entrou no ônibus quando as portas já se fechavam.

⚬⚬⚬

Deitada nos braços de Júlio, Ana desenhava pequenos círculos com a ponta dos dedos em seu peito. Sentia em seu cheiro algo reconfortante que remetia a uma sensação de pertencimento.

Virou-se para beijá-lo quando percebeu que ele fitava o teto, alheio à situação.

— Júlio.

— Oi? — disse ele, sorrindo ao ser puxado de volta para a realidade. — Tava só pensando nas coisas que aconteceram hoje.

— Queria te agradecer por ter me ajudado com a minha mãe hoje, de verdade.

— Não tem por que agradecer, Ana.

— Eu tenho sido uma péssima filha, Júlio — disse ela, desvencilhando-se de seus braços e virando de barriga para cima para olhar o teto também. — Eu não fui capaz de suportar ver minha mãe doente. Estava completamente afastada e agora me sinto a mais egoísta das filhas.

— Família é uma coisa complicada, mesmo. Acho que o sentimento de culpa é inevitável. Tanto da nossa parte quanto da parte dos nossos pais. O sangue é um laço muito forte e temos que cuidar uns dos outros.

— Aquelas duas pessoas me colocaram no mundo... Me criaram e me deram tudo o que estava ao alcance deles. Agora eles é que precisam de cuidado e eu não tenho feito minha parte. Por que é tão difícil retribuir?

— Não sei dizer, mas eu entendo o que você está passando. Eu tenho uma tia que... Bem... — Júlio hesitou, passando a mão pelos cabelos. — Também demanda cuidados especiais.

— Você nunca disse nada.

— Ela só tem a mim e à minha mãe no mundo. Minha mãe é uma pessoa muito protetora, e eu tento ajudar minha tia da forma que consigo, mas não posso dizer que é fácil.

Ana virou de lado, olhando para Júlio com atenção. Percebeu que o policial estava com o semblante pesaroso.

— O que ela tem?

— Ela é esquizofrênica — disse, sem olhar para Ana. — Éramos muito próximos quando eu era criança. Durante a minha infância, foi divertido, sabe? Era uma tia muito afetuosa, mas já apresentava alguns sintomas antes mesmo que a gente percebesse. Tudo aquilo, para uma criança, soava como mais uma brincadeira. Às vezes acampávamos na sala com lanternas e evitávamos ao máximo fazer barulho quando íamos ao banheiro. — Ele passou a mão pelos cabelos e cruzou os braços, cada vez mais sério. — Parou de ser divertido quando começamos a perceber que ela não tinha o que comer por medo de ir ao supermercado, ou que a luz estava cortada por falta de pagamento.

Júlio contou que tinha catorze anos quando a tia foi internada pela primeira vez. Depois, morou por algum tempo com ele e a mãe. Quando acharam que ela poderia ter o próprio apartamento, desde que regularmente acompanhada, ela se mudou.

— É por isso que vou toda semana na casa da Sofia.

Contou que a tia morava no prédio em frente ao de Amélia e que conversara sobre o caso com ela.

— Ela tem mania de ficar espiando tudo o que acontece pela janela. Anota até os horários em que o caminhão de lixo passa.

— E ela foi interrogada nessa nova busca? — disse Ana, sentando-se bruscamente.

— Eu não quis que ela passasse por uma averiguação de novo. É muito sofrimento pra ela receber pessoas desconhecidas no apartamento.

— Mas, Júlio, talvez ela tenha anotado alguma coisa que deixamos passar, você não acha? Você pode me levar para conhecê-la?

— Pra quê, Ana? O caso está encerrado. Rafael Salvattori já está preso. Amélia tinha sinais de espancamento e o DNA do noivo sob as unhas, indicando que tentou se defender. Está tudo claro, não está?

— Algo nessa história ainda não bate. O cara era noivo dela, é natural que resquícios do DNA dele estivessem embaixo das unhas dela. Ele está em prisão preventiva e, até onde sabemos, não confessou o crime. Ele ter batido nela, uma semana antes, não prova o assassinato, mas sim a agressão. E nós sabemos disso. Logo, logo ele vai ser solto.

Júlio se manteve em silêncio, arrependido de ter mencionado Sofia na conversa.

∞

Ariel estava no fundo do ônibus, observando o motorista da família Moura, que estava sentado no primeiro vagão do biarticulado. Já estava escuro e, ao passar pelo penúltimo ponto de ônibus antes do terminal do Sítio Cercado, no sul da cidade, o veículo já estava consideravelmente vazio. Ariel permanecia despercebido em sua vigilância quando o ônibus chegou ao ponto final e todos os passageiros desembarcaram. O movimento no horário era intenso e por pouco ele não perdeu de vista o motorista, que seguiu em direção a um boteco a duas quadras de distância.

Ariel se manteve a uma distância razoável, sentindo cada vez mais frio na barriga e os pelos da nuca arrepiados. Sentiu-se gelado, não só pelo frio do anoitecer de Curitiba, mas por estar sozinho em uma situação em que ele ainda não sabia por que tinha se metido. Buscou pelo celular no bolso e sentiu uma leve náusea quando viu que estava sem sinal.

O motorista se sentou ao balcão do boteco e pediu uma cerveja. Conversava distraidamente com o dono do bar e com os conhecidos que ali se encontravam. Tomou a garrafa inteira em poucos goles. Enquanto aguardava escondido no breu, Ariel olhou as fotos que tinha feito pouco antes, usando o zoom para analisar melhor o rosto do motorista. Devia estar perto dos sessenta anos; seu corte de cabelo e sua expressão séria lembravam Ariel de seu pai quando era mais jovem — provavelmente era um militar aposentado. *Militar costuma ter cara de militar*, pensou o fotógrafo. Os cabelos eram brancos e bem cheios e a pele do rosto era acinzentada e bastante pelancuda, com grandes bolsas sob os olhos. Guardou novamente a câmera no bolso da jaqueta de couro ao ver o motorista se despedir dos amigos de bar.

Os dois caminharam por entre as ruas ermas do Sítio Cercado, onde tornou-se cada vez mais difícil para Ariel permanecer despercebido. Optou por aumentar a distância entre os dois, mas diminuiu tanto o passo que quase o perdeu de vista. Apertou as mãos, frustrado por ter chegado até ali e não ter feito nenhuma descoberta. Não se permitiu o sentimento do ridículo e andou mais duas quadras, observando as casas, na esperança de que pudesse descobrir onde o velho militar morava.

Passou por casas muito simples, dentro das quais famílias assistiam à televisão. Em algumas casas, o som alto fazia as janelas tremerem. O cheiro de comida caseira que saía de uma delas o distraiu por um momento e o fez pensar que talvez fosse hora de voltar para casa. Durante o que decidiu ser sua uma última volta pela rua deserta, viu, em frente a uma casa de madeira cujas portas e janelas estavam fechadas, um modelo de carro muito parecido com aquele do qual Ariel vira sair o homem de chapéu que assassinara Davi.

Com o coração acelerado e as mãos suadas, buscou a câmera no bolso e começou a vasculhar as fotos do dia em que ficara de tocaia com Júlio. Correu frenético de foto em foto até encontrar a imagem que mostrava o carro. Era o mesmo que, naquele momento, estava ao alcance de sua vista.

O tempo que levou para se dar conta do que estava acontecendo foi o mesmo que levou para sentir o baque surdo em sua têmpora. Viu sua câmera cair e se estilhaçar no chão. E então tudo ficou escuro.

∞

— Quem está aí?
— Sou eu, tia.
— Está sozinho?
— Não, estou com uma amiga. Ela também é da polícia.

Após alguns instantes, que pareceram longos demais, ouviram o barulho do trinco e a porta se abriu. Foram recepcionados por uma mulher de cabelos desgrenhados e olhos vigilantes.

— Trouxemos as compras da semana — disse Júlio ao entrar com as sacolas de supermercado, depositando-as no balcão da cozinha.

— Prazer, dona Sofia. Meu nome é Ana, trabalho com o Júlio — disse a delegada, estendendo a mão.

A senhora, desconfiada, apenas ensaiou com a cabeça um cumprimento e fechou a porta novamente com o trinco. Verificou três vezes se estava mesmo fechado.

Ana estranhou o ar rançoso e empoeirado do apartamento, que estava com todas as janelas e cortinas fechadas. Sofia, incomodada, sentou-se no sofá e passou a assistir à televisão sem dar muita atenção para as visitas, enquanto Júlio terminava de guardar as compras nos armários e lavar a pilha de louça acumulada. Ana caminhou pela sala, observando a ausência de fotografias e objetos de decoração. Chamou sua atenção um amontoado de cadernos dispostos no canto da sala, próximo à janela coberta por cortinas pesadas pela qual vazava uma réstia de sol. Havia cadernos de diversos tamanhos e espessuras, alguns de espiral amassada, outros de brochura. Ana foi até lá silenciosamente e se abaixou para pegar um.

— Não sabe que é feio mexer nas coisas dos outros? — disse Sofia, que pulou do sofá e arrancou o caderno da mão da delegada.

— Desculpa. Muitas vezes não consigo controlar minha curiosidade. São anotações?

Sofia não respondeu, apenas retornou para o sofá enquanto resmungava algo ininteligível. Ana afastou a cortina para olhar pela janela e se surpreendeu ao notar a visão privilegiada da entrada do prédio em que Amélia morava. Tomada por certa euforia, ela foi até Júlio, na cozinha.

— A visão que ela tem do prédio da Amélia é ótima!

— Eu sei — disse Júlio, indiferente.

— E você acha que ela pode ter visto alguma coisa?

— Ana, a Sofia sofre de transtornos mentais.

— Mesmo assim. Ela não comentou nada?

— Ela confabula. Tem traços paranoides de personalidade. Espiona os vizinhos pela janela e anota coisas naqueles cadernos que você já deve ter visto na sala.

— Será que ela me deixaria olhar as anotações dela do dia em que a Amélia desapareceu?

— De que adianta? O caso já foi encerrado — retrucou Júlio com tom grave, de cara fechada.

— Por que você está bravo?

— Eu não gosto de alimentar a loucura dela.

— Pare de me chamar de louca — disse Sofia, que, de trás da porta da cozinha, onde estava escondida, podia escutar o que os investigadores discutiam.

— Sofia, tudo bem se eu desse uma olhada nos seus cadernos? — perguntou Ana. — Acha que pode nos ajudar com a investigação?

—Você é da polícia também? Não tenho como ajudar.

— Tem certeza? O Júlio me contou que você está sempre atenta a tudo que acontece na rua.

— Eu não confio em vocês.

— Ana, você está perdendo o seu tempo — disse Júlio. — Essas anotações são uma grande perda de tempo. Se fossem nos ajudar, eu já saberia.

—Você não sabe de nada, piá — disse Sofia, ríspida.

— Sofia, uma jovem foi brutalmente assassinada e nós ainda não temos todas as informações para entender o que realmente aconteceu. Você pode ser a peça que falta para solucionarmos o caso.

Sofia piscou várias vezes como se estivesse processando vários pensamentos ao mesmo tempo. Por fim, assentiu e fez um sinal para que Ana a acompanhasse. Esparramou os cadernos e começou a folhear um por um.

—Você não os organiza de alguma forma? — perguntou Ana ao perceber que as datas eram aleatórias e não seguiam a ordem cronológica em um mesmo caderno.

Sofia fingiu que não ouviu e voltou a procurar a anotação que precisava.

As duas se sentaram no chão e deram início a uma empreitada que poderia levar uma eternidade. A delegada imaginou como seria mais fácil se todas as anotações estivessem em um computador, no qual uma simples ferramenta de busca faria todo o trabalho.

Duas horas se passaram, e Júlio andava de um lado para o outro do apartamento. Já estava impaciente e pegava a chave do carro para ir embora. Ana ajudava Sofia a rever caderno por caderno. Passaram por anotações de placas de carro, horários de entrega dos correios e até mesmo por anotações sobre os atrasos do caminhão de lixo.

—Vamos, Ana. — Júlio já estava na porta do apartamento.

A delegada ignorou o chamado, completamente absorta na atividade.

Mais uma hora se passou.

— Achei! — disse Sofia.

Ana pegou o caderno, empolgada, correu os olhos pelos garranchos e, aos poucos, empalideceu.

Capítulo 22

Sentada no sofá branco de camurça, abraçando os joelhos, sinto que regredi vinte anos, encolhida como uma criança em busca de um ninho. Minha mãe me entrega um copo de água com um olhar rígido, um rascunho de preocupação. Bate em meu pé para que eu o tire do sofá e pede que eu conte a ela o que aconteceu.

— Criei coragem para romper com o Rafael, foi isso o que aconteceu.

Meu rosto não é capaz de esconder as consequências de meu manifesto. Fico calada com os punhos cerrados.

— Como assim, rompeu com o Rafael?

Meu coração acelera. Agora sua expressão de preocupação é genuína. Sinto minha boca seca, as bochechas coladas, e, com dificuldade, consigo balbuciar uma resposta ininteligível. O que menos preciso agora é ter que dar explicações sobre o ocorrido. Dou longos goles de água e, em silêncio, desejo apenas que minha mãe me abrace. O desespero de um vazio cresce e se prepara para me engolir.

Vejo meu pai e meu irmão entrarem no apartamento e passarem pela sala sem dar muita atenção ao que acontece. Meu irmão traz uma feição fechada, impossível de ler, e meu pai tem o pescoço e a ponta das orelhas vermelhas como pimenta. Escuto uma porta bater. Minha mãe vai atrás. Fico sozinha na sala por alguns instantes, sentindo-me ainda mais vulnerável do que antes.

Meu pai volta para a sala, afrouxa a gravata e desabotoa a gola da camisa. Logo me pergunta o que aconteceu e, com a pressa de um chefe que tem muito para resolver, olha para mim como quem diz "vamos, desembucha". Balbucio com a maior dificuldade as mesmas palavras inaudíveis. Ele bate com as mãos nas pernas.

— Mais essa agora! O Rafael que fez isso? Eu mato esse filho da puta!

Começo a chorar como se tivesse três anos. A garganta dói como se eu engolisse espinhos. O coração acelera por estar sufocado, sem ar. Me vejo novamente em meio a um oceano, nadando até a superfície sem nunca a alcançar, os pés batendo com dificuldade. O ar escapa em bolhas. O peito arde.

— Mas o que aconteceu? Você fez alguma coisa? — pergunta ele, enquanto procura contatos no celular. — Bom, isso não importa agora. Você chegou a fazer alguma coisa a respeito? Foi na polícia?

Alguma coisa a respeito. O que pode ser feito a respeito? A dor desaparecerá. Os hematomas desaparecerão. Meu olho voltará a enxergar. O vazio me engolirá. Mas a humilhação não vai passar.

Solto as últimas lufadas de ar e vejo a luz que brilha na superfície se esvair.

— Vamos tentar deixar a polícia fora disso. Vamos cuidar disso do nosso jeito.

Minha mãe volta para a sala com uma preocupação histérica. Vejo que treme. Caminha em direção ao bar e serve uma dose generosa de uísque sem gelo.

— Como foi lá no hospital? O que o advogado falou?

Minha boca começa a salivar e meu estômago se retorce. Meu pai aumenta os decibéis de sua explicação. O hospital ficou do lado da moça, o processo terá continuidade. Gustavo está sendo injustiçado. Será que ninguém pensa em quanto isso pode arruinar a carreira dele?

Meu pai chama meu irmão, que entra na sala como um touro bufando. Retorce a cara ao me ver, como se tivesse nojo do meu rosto arrebentado. Meu pai volta a repreendê-lo, e Gustavo empalidece, como se fosse feito de cera. Me torno alheia à cena que se instala. Não quero ser plateia. Ouço trechos da peça. Algo sobre embarcar para os Estados Unidos. Amanhã mesmo. As coisas vão se resolver a nosso modo. Nosso. O da família Moura. Em algum momento meu pai grita, manda minha mãe calar a boca, e isso me desperta em um estalo. Gustavo tem os punhos cerrados. Vamos dizer que meu irmão está fazendo um estágio fora do país — isso é o de menos. O importante é mantê-lo longe daqui. Minha mãe abraça meu irmão, que se mantém imóvel, querendo ao máximo estar tão alheio à situação quanto eu.

— E você, Amélia... vai voltar para esta casa. Cansei dessa sua ideia de morar naquele muquifo. — Escuto, paralisada. — Acabou essa história de adolescente. A família tem que ficar unida, não entende? Se você estivesse aqui em casa, isso não teria acontecido. Hoje mesmo o Jaques vai buscar as suas coisas e você vai voltar para o seu quarto. Está na hora de você pelo menos fingir que ainda se preocupa com esta família.

Me vejo novamente em meio ao oceano. Agora é como se o tempo estivesse congelado. Estou imóvel. O ar acabou. Olho para minhas correntes enferrujadas e percebo que tenho a força necessária para quebrá-las. Ficar imóvel não é mais uma opção.

A garganta não está mais seca. O peito se tornou leve. Volto a esticar os braços. Chuto as correntes que prendem meus tornozelos. Não olho para trás quando bato a porta, cortando as palavras que meu pai vocifera.

○=○

Depois de três chamadas seguidas, Luana resolve me atender, mas somente depois de um silêncio, aparentemente interminável, ela responde:

— E o Rafael? Não está mais com você? Olha, não me entenda mal: você não precisa me explicar nada, não quero complicar a sua vida. Eu entendo o que pode estar passando pela sua cabeça, mas eu não tenho a energia necessária para lidar com todos esses seus conflitos.

Engulo em seco o choro. Foram várias as idas e vindas até que eu tomasse coragem de sair de casa. As marcas ainda estão evidentes em meu rosto, apesar de todo o esforço para esconder os hematomas com maquiagem. Não gostaria que ela me visse tão fragilizada, não queria que soubesse o que vivenciei naquele apartamento. Mas não posso deixar passar mais um dia sem dizer para Luana o que sinto. Preciso tirar de mim o vazio das palavras não ditas.

— Estou em frente à sua porta. Vai me deixar entrar?

A ligação é interrompida, e logo a porta se abre. A sensação agradável e confusa que sinto todas as vezes que olho para

Luana surge imediatamente após ter conquistado a chance de vê-la, ao menos mais uma vez. Por alguns instantes, ficamos em silêncio, nos olhando através de uma parede invisível que implacavelmente controla meus impulsos.

— Meu Deus do céu, Mel! O que aconteceu com o seu rosto?

Meu queixo treme, meus olhos ardem e não consigo dizer nada. O que aconteceu? Você aconteceu. A mão que me puxou para a superfície.

Luana me encara com um misto de piedade e desconfiança, mas logo desvia o olhar. Segura a porta aberta, hesitante em me deixar entrar. Vejo que ela também segura as lágrimas. Sinto minha garganta doer como se desse um nó. Peço para entrar novamente. Ela larga a porta e indica que eu a siga. Abre caminho pelo apartamento, recolhendo peças de roupa, revistas e uma caixa de pizza. Sentamos no sofá. Luana cruza os braços como se estivesse se protegendo da conversa que teremos.

— Eu trouxe brigadeiro e um filme.

— Amélia... O que aconteceu com seu rosto?

— Eu dei o primeiro passo, Lu.

— Não entendi.

— Pode ser que eu demore a falar tudo o que eu tenho pra falar, você tem que entender o quanto isso está sendo difícil pra mim. — Puxo as mangas do casaco para cobrir as mãos. — Olha pra minha vida antes de te conhecer... — Estendo os braços para o nada, como a vendedora de uma concessionária de carros usados.

— Eu entendo, Amélia. Você não precisa me explicar nada...

— diz ela com uma voz fria.

Ficamos em silêncio novamente. As palavras me fogem. Me sinto afundar.

— Na verdade... — Ela contorce a boca como se mastigasse as palavras. — Na verdade, não entendo. O que é tão difícil, Amélia? O que é tão difícil? Me explica.

Sinto um frio congelante na barriga. Do que tenho tanto medo? Eu nunca tinha sequer imaginado me relacionar com uma mulher. Eu nunca tinha sequer imaginado sentir o que eu senti no dia em que a conheci, naquele casamento.

—Você me fez encontrar uma parte de mim que eu não sabia que existia. Nesses meses que passamos juntas... Eu me senti viva e descobri sentimentos que nem sabia que me faltavam.

—Você me diz isso, e eu sou obrigada a encontrar você na fila do cinema com o patife do seu noivo e ainda ver você fingir que nem me conhece. Se eu fui pra você tudo o que você diz... Por que ser tão cruel comigo? Por que ser tão cruel com você mesma? Me explica, Amélia. Do que você tem tanto medo? O que é tão difícil de largar dessa sua vida de antes de me conhecer?

— Como explicar o quanto é difícil não se sentir pertencente a um lugar? Passar a vida toda tentando alcançar expectativas na tentativa de ser reconhecida. Viver sob moldes que nunca questionei. Moldes que aceitei como sendo meus próprios. Colocar, diariamente, uma pá de cal nos sentimentos que divergiam... É como se eu fosse uma peça de um quebra-cabeça forçada a se encaixar em uma posição onde claramente não pertence. É exaustivo.

— E de que adianta? Se não se pode viver a vida em sua forma plena. Amar quem se quer amar, desejar quem se quer desejar. Gozar com quem se quer gozar. Deixa os acomodados que se incomodem.

— É lindo ver como você consegue fazer tudo isso, Lu.

— É que eu aprendi há mais tempo que você que esse reconhecimento todo que a gente busca nos outros quase nunca vem. E também que quase nunca é importante. — Luana se aproxima e toca meu rosto, delicada, com a ponta dos dedos. — Amélia, olha o que ele fez com o seu rosto. Isso é muito sério.

— Ele não aceitou o término.

— E o que você fez? Já foi na polícia? Me diz que você abriu um boletim de ocorrência contra aquele maldito.

— Luana, eu não quero falar sobre isso agora. Eu vim até aqui para dizer que eu gosto de você. Muito mais do que simplesmente gosto. Sua presença me faz muita falta. Eu quero isso. Quero ficar com você, quero aproveitar sua companhia. Eu me odiei pelo que aconteceu aquele dia no cinema. Naquele momento, eu soube que as coisas tinham que mudar. Eu preciso que você seja paciente comigo. Eu preciso da sua ajuda para ser quem eu realmente sou. Eu também quero poder dar conta de bancar meus desejos.

Luana me fita por alguns instantes em silêncio. Suavemente, acaricia as marcas deixadas por Rafael. Meus olhos marejados esperam que ela diga logo o que se passa em sua cabeça. Consigo ver que ela pondera dizer algo de que não se arrependerá depois. Ela, então, relaxa no sofá.

— O que você trouxe para assistirmos?

— *Thelma e Louise*. Achei que o momento pedia. — Sorrio em retribuição ao voto de confiança e me inclino para beijá-la nos lábios; me aproximo devagar para ter certeza de que tal ação me é permitida. É.

Luana sorri, tímida e graciosa, depois se levanta e vai em direção à cozinha para preparar o brigadeiro. Observo-a enquanto está em pé, mexendo a panela, apoiada em um só pé, como costuma fazer enquanto cozinha.

∞

Quando estamos perdidos na rotina dos dias, não nos lembramos de aproveitar o calor que o sol deixa na cama pela manhã. A maciez dos lençóis, deslizar os pés até roçar nos dela. Eu me movo para perto e me aninho em suas costas. Sinto o cheiro de seu cabelo e esqueço que possa existir alguma coisa no universo além desta cama.

Os últimos dois dias no apartamento de Luana seguiram como se estivéssemos abrigadas em um universo paralelo, só nosso. Consigo bater as pernas para impulsionar o corpo junto com os movimentos dos braços e sinto a superfície se aproximar, pronta para tomar uma longa golfada de ar. Não me sinto vulnerável. A vigília acabou.

Tomamos café da manhã na cama enquanto assistimos à televisão. O jornal da manhã anuncia que o mês que chega será marcado por um período de muita chuva. Aninho-me mais uma vez no colo de Luana, aproveitando os últimos instantes que ainda tenho. A realidade ainda existe. Os ônibus e os carros não param de transitar lá fora. Hoje é dia de voltar para a escola.

Luana me ajuda com a maquiagem. Aplica produtos que usam na companhia de teatro. A cada pincelada de base, ela me beija os lábios ou a ponta do nariz. Olho-me no espelho e me sinto satisfeita — os olhos menos atentos não perceberão meus machucados.

O sol começa a perder espaço para as nuvens negras e carregadas que anunciam o temporal que cairá logo mais. Apresso o passo para garantir que escaparei ilesa.

⌬

— Tem algo diferente em você, Amélia.

É o que escuto na sala dos professores, na hora do almoço.

— Não sei o que é, mas é bom — explica uma das colegas, acrescentando um sorriso afetuoso e uma piscadela de cumplicidade.

— Alguma coisa na sua aura — insiste outra.

Mais tarde, ao chegar em casa, tiro os sapatos molhados na porta. O temporal que se derrama lá fora está ainda pior do que eu imaginei. Tiro o casaco e a calça ainda na entrada do apartamento. Vou até o quarto apenas com a bolsa. Bloqueio e desbloqueio o celular na espera de uma mensagem de Luana. A última foi há uma hora, dizendo que terá ensaio até mais tarde. Largo o aparelho na cama e vou tomar banho. O bater da água em meu rosto já não dói tanto. Lavo cada canto de meu corpo com esmero. Quero fora tudo que não me pertence.

Saio do banheiro com a toalha enrolada nos cabelos, o corpo ainda pingando. A tela do meu celular se acende em cima da cama. Uma mensagem. Alcanço o aparelho com ansiedade. Sinto um arrepio que corre da nuca até a ponta das orelhas. Ele quer que eu desça para encontrá-lo. Não entendo. O que ainda faz aqui? Hesito, pensando se descer é uma boa ideia. Mas não tenho mais o que temer.

Ao apertar o botão do elevador, vejo que minhas mãos estão trêmulas. Eu não esperava encontrá-lo sozinha tão cedo depois da noite na balada. Respiro fundo três vezes. É certo que quer conversar sobre o que aconteceu.

Aguardo, na entrada do prédio, a X1 blindada. Mas é outro carro que encosta. Um carro que não conheço. A janela do motorista se abre, e eu o reconheço. O sorriso em seu rosto me tranquiliza. Entro no carro, e, assim que bato a porta, as travas são acionadas. Meu coração palpita, mas não entendo o porquê.

Capítulo 23

Ariel teve dificuldade para focar a visão. Engoliu a saliva espessa. Os lábios rachados grudavam. Procurou entender o que estava acontecendo. Sua cabeça latejava, partindo de uma dor aguda na nuca. Tentou levar as mãos ao rosto, mas percebeu que estavam amarradas às costas. Onde estava? Em algum lugar com um chão de madeira frio e empoeirado. Algo colado ao seu pescoço o incomodava. Experimentou mexer as pernas. Estavam pesadas demais. Com os sentidos confusos, tentou buscar sua última memória. O Corcel vermelho e o espatifar de sua câmera no asfalto. Estava sozinho? Precisava soltar as mãos. Arregalou os olhos quando a visão começou a voltar ao normal. Estava no canto de uma sala de estar mobiliada, com as cortinas fechadas — não tinha certeza se era dia ou noite. Também não sabia dizer há quanto tempo estava jogado no chão. Ouviu passos estalarem no piso de madeira. Uma ansiedade percorreu seu corpo, e ele sentiu sua pulsação ribombar nos ouvidos. Localizou uma porta que dava para uma espécie de cozinha.

Por impulso, sem saber se encontraria uma saída, começou a rastejar como uma cobra em direção à porta. Um homem se colocou sobre ele com um pé de cada lado do seu corpo e o imobilizou, prendendo suas costas com o joelho. Ariel, debatendo-se, sentiu entrar pelo acesso do pescoço um líquido que ardeu como fogo em suas veias. Tudo se esvaiu. Antes que voltasse a dormir, teve a nítida sensação de sentir o cheiro do mar.

◠◠◠

— Isso não quer dizer nada, Ana — disse Júlio, balançando o caderno na mão, sentado no banco do carona da TR4, que seguia a toda velocidade.

— Estou com um pressentimento muito forte, Júlio.

— Acha mesmo que prendemos a pessoa errada?

— Espero estar enganada... — Os pensamentos de Ana fluíam como várias peças de um quebra-cabeça tentando se encaixar. — Se eu estiver certa, isso significa que deixamos passar uma pista muito importante.

A TR4 corria pela avenida das Flores, com a delegada costurando entre as quatro faixas rumo ao aeroporto Afonso Pena.

◠◠◠

Ariel despertou novamente e inspirou fundo, como se tivesse acabado de levar um susto. Abriu os olhos com dificuldade, sentindo as pálpebras pesadas e grudentas. Desejava água como nunca havia desejado nada na vida. Ouvia um intenso zumbido nos ouvidos que, aos poucos, diminuía. Podia ver que já tinha anoitecido, mas não saberia estimar que horas eram ou quantos dias já havia passado naquela casa.

—Você tem que dar um jeito de resolver essa merda!

Ao recuperar a audição, conseguiu ouvir uma conversa entre dois homens pela porta entreaberta da cozinha.

— Fiz o que tinha que ser feito. O cara tava me seguindo desde que eu saí do trabalho — disse uma voz firme e sóbria.

—Você sabia que a irmã desse filho da puta é delegada de polícia? Não sei se você é só sem noção ou se é burro mesmo. E se ele avisou alguma coisa pra ela? Ela pode bater aqui a qualquer momento! — A voz do outro homem soava histérica e desafinada.

A porta da cozinha foi chutada e a maçaneta bateu na parede. Um dos homens andou em direção a Ariel e, ao ver que estava acordado, agachou-se, encarando os olhos do fotógrafo com um olhar estatelado. Ariel sentiu suas vísceras se contorcerem quando o homem segurou seu rosto com as mãos geladas.

— E o que nós vamos fazer com você?

◯⊖⊖

— Como vamos fazer isso? — perguntou Júlio, andando rápido para alcançar a delegada que caminhava sempre pelo menos dois passos à sua frente.

O saguão do aeroporto Afonso Pena borbulhava com avisos nos alto-falantes, pessoas que esperavam mexendo em seus celulares e filas para embarque e para o check-in. Júlio seguia Ana em direção ao guichê de atendimento de uma das companhias aéreas que dava origem à fila que serpenteava toda a área delimitada pelas fitas nos pedestais.

A delegada foi até o primeiro guichê, onde uma atendente de ar ansioso suspirava enquanto atendia uma senhora de cabelos brancos e óculos fundo de garrafa, que mostrava dificuldade em encontrar seus documentos na bolsa. Olhou para os policiais com expressão de tédio, certa de que teria que lidar com duas pessoas que perderam seu horário de embarque.

Quando a dupla se aproximou do balcão, a senhora os fuzilou com um olhar reprovador.

—Vocês têm que esperar na fila como todo mundo — disse a velha.

— Somos da polícia, senhora. Temos assuntos urgentes — respondeu Júlio, com o distintivo na mão.

A senhora franziu o cenho, desgostosa, e a atendente arquejou de susto.

— Precisamos rever a lista de passageiros de um voo que ocorreu no mês passado — disse Ana com rispidez, atropelando as palavras.

— Eu não tenho autorização para acessar esse tipo de informação — disse a atendente, assustada.

— Então preciso falar com alguém que tenha autorização.

—Você tem algum documento, um mandado… Sei lá? — perguntou a atendente, que cada vez menos parecia saber o que estava fazendo ali.

— Deixa que eu cuido disso, Ana — disse Júlio ao ver que companheira estava prestes a perder a paciência.

O celular de Ana começou a tocar. Ela se afastou do balcão e deixou Júlio com a atendente assustada.

— Oi, André — disse ao telefone.

— O Ariel está com você?

— Não. A última vez em que estive com ele, ele estava indo te encontrar para levar o Coronel para casa.

— O piá sumiu. Me deixou aqui sozinho.

— Como assim, sumiu? Não te disse aonde ia?

— Não! E também não está atendendo ao telefone. Achei que ele pudesse estar com você. Antes fiquei com raiva, mas agora estou um pouco preocupado.

— Estranho. Vou tentar ligar pra ele. Qualquer coisa te aviso.

Ana ligou para o celular de Ariel duas vezes, e, nas duas, sua ligação caiu direto na caixa postal. Tentou o fixo e o telefone tocou até a linha cair. Sentiu o estômago embrulhar.

Júlio acenou para que ela se aproximasse do balcão.

—Você pode procurar de novo? — pediu ele à atendente, quando Ana chegou mais perto.

A menina digitava, trêmula e com rapidez, nas teclas do computador.

— Desculpa, senhor. Mas é exatamente como falei: o senhor Gustavo Moura realizou o check-in para o voo, mas não chegou a embarcar. Ele não consta em nossos registros como passageiro.

○○○

Ariel era observado pelo motorista, que se mantinha imóvel, sentado na poltrona à sua frente. Sua expressão era rígida e inexpressiva.

Ao fundo, ouvia-se a voz de Gustavo ao telefone. As palavras eram incompreensíveis, mas o tom de desespero era nítido. A sombra que se projetava vazada pela porta da cozinha mudava constantemente de tamanho, o que dava a entender que o médico andava de um lado para o outro. Depois de desligar o telefone, voltou para a sala, onde Ariel estava estirado no chão. O fotógrafo pôde ver que ele não era o único com medo estampado na cara.

∞

Pela quinta vez, Ana ouviu a mensagem automática que a direcionava para a caixa postal. Apertou o telefone como se o aparelho fosse o culpado pela incomunicabilidade com o irmão. Abriu sua conversa com Ariel e viu que a última mensagem que mandara estava marcada apenas com um tique, e não dois, o que significava que o celular dele já estava desligado quando ela enviara a mensagem. Observava Júlio encerrar sua ligação com o delegado João Gabriel, que solicitara suporte e mobilização da equipe diante dos novos fatos. Ana podia imaginar o delegado recebendo a notícia, afrouxando a gravata e limpando o suor do pescoço com as mangas do paletó. Júlio desligou o telefone e fez sinal de positivo para a colega. Ambos entraram no carro. Ana engatou a primeira marcha e arrancou em alta velocidade. Recebeu uma buzinada imediata ao cortar um carro que procurava uma vaga no estacionamento do aeroporto.

— Conseguiu falar com o seu irmão?

— Não. A ligação cai direto na caixa postal. Vou passar em casa antes de irmos para a delegacia. Estou inquieta com esse sumiço do Ariel.

Ana não saberia explicar o que sentia. Algo como uma percepção apurada, um sexto sentido, ou qualquer que fosse o nome daquela sensação pungente na boca do estômago. Independentemente do que fosse, era melhor não ignorar.

∞

Os dois policiais entraram no elevador e apertaram o botão que levava à cobertura.

— Hoje é um dia que vou passar enfurnado diante de uma pilha de relatórios — disse Zeca, com tédio.

— É sempre bom sair da delegacia. Ainda mais se for pra enquadrar um playboy filho da puta — disse Barreto, enquanto se admirava no espelho e tentava ajeitar o topete.

— Ainda não comprei essa história...

— Você é muito jovem ainda. Eu estou há mais de trinta anos na polícia e já não me surpreendo mais. O ser humano é sempre capaz de superar qualquer expectativa.

— Não vamos precisar usar nossas armas, né?

— Acho que não... infelizmente.

Ao saírem do elevador, os dois empunharam seus revólveres para, pelo menos, impor alguma autoridade. Barreto desferiu três coronhadas na porta do apartamento.

○━○

Já era noite, e Ariel observava Gustavo andar de um lado para o outro da casa, passando a mão pelos cabelos. O guarda-costas o vigiava como uma estátua. Ariel permanecia caído no chão, em estado de torpor, deitado de lado, com as mãos ainda amarradas e a lateral do rosto dormente, encostada no chão gelado. Sentia no ar um visco salgado de maresia. Ocorreu-lhe que poderia estar no litoral. Mas onde, exatamente, não podia supor. A janela da sala em que estavam foi invadida por dois cones de luz, como se holofotes tivessem sido ligados do lado de fora da casa. Entrou em estado de alerta ao ver que a luz se aproximava muito rápido, como se, a qualquer momento, o objeto que a emitia pudesse entrar, derrubando a parede. Entendeu, então, que a luz vinha dos faróis de um carro que estacionava do lado de fora. Mais alguém se juntaria a eles.

O zumbido permanente que escutava diminuiu de intensidade quando começou a ouvir o som de passos. *Clac, clac, clac.* Salto alto.

∞

— Entendi. Obrigada por ligar, Barreto. Me mantenha informado de qualquer novidade. — Júlio desligou o celular e o colocou no bolso. — Só encontraram o deputado no apartamento. Estão levando-o para a delegacia para um novo interrogatório. Barreto disse que o cara ficou pálido quando confrontaram ele com a informação de que o filho não viajou para os Estados Unidos. Queria estar na sala de interrogatório para espremer esse crápula. Quero saber quanto ele pagou para que o Davi forjasse as evidências.

— É possível que ele nem faça ideia.

— Acho que ele está envolvido até o pescoço. Não é possível que o filho dele tenha feito tudo sozinho. Mas agora temos que encontrar o moleque para entendermos o que aconteceu. Estão mandando outra equipe forense para o apartamento.

— Espero que dessa vez um trabalho de verdade seja feito — disse Ana, que acionou o controle do portão da garagem e entrou com sua TR4.

Os dois policiais saíram do carro e foram até o elevador. Ana apertou três vezes o botão para chamá-lo, e mais duas vezes quando o visor mostrou que estava parado em um dos andares. Lançou um olhar inquisidor para a vizinha que desceu no térreo cheia de malas. Ao entrar no elevador, apertou, também três vezes, o botão que os levaria até o sétimo andar.

Entrou, finalmente, no apartamento frio e imperturbado até a sua chegada. Ariel não estava lá, mas seus pertences continuavam espalhados pela sala. Ana se sentou no sofá que servira de cama para o irmão na última semana, apoiando os cotovelos nas pernas.

— Onde o seu irmão pode ter se metido? Que pista você acha que ele estava seguindo?

Ana, que olhava para um ponto fixo na parede, imersa em pensamentos, não respondeu à pergunta de Júlio. Sua mente funcionava como uma máquina bem azeitada. Passava por cenários hipotéticos com rapidez, descartando os que não faziam sentido. Sentou-se em frente ao computador e começou a digitar.

— O que está procurando?

— Estou vendo se consigo achar o sinal de GPS do celular do Ariel.

As palavras "sinal não encontrado" piscaram no centro da tela.

— Tenta o rastreador.

— Por que ele estaria com o rastreador?

— Se ele saiu atrás de alguém, pode ter levado o rastreador junto.

Júlio colocou-se ao lado da delegada, em frente ao computador. Digitou, em pé, uma série de comandos no programa que Ariel havia instalado no computador de Ana. Uma ampulheta começou a girar em cima da imagem do mapa do continente americano. Ana sentia a garganta apertar a cada volta de cento e oitenta graus que o ícone fazia. Um botão vermelho começou a piscar no mapa, que se ampliou à medida que se aproximava da localização. Brasil. Região Sul. Paraná. Litoral.

∽∽∽

Apesar do torpor e das dores, Ariel sentiu a adrenalina correr no sangue, despertando-o, tamanha a surpresa que sentiu ao ver Maria Célia o olhando de cima, com repugnância.

— Como isso foi acontecer? — perguntou ela com um olhar frio para o motorista.

— O cara me seguiu até em casa. Só fui perceber depois que desci do ônibus. Estava tirando fotos.

— Fotos?

— Sim. Mas com isso a senhora não precisa se preocupar. A câmera já era.

— E você não podia ter se livrado dele? — perguntou ela, apontando para Ariel.

— Achei melhor esperar a senhora. Afinal, é o irmão da delegada.

— Imbecil. Eu te pago muito bem para ser mais resolutivo do que isso. — Maria Célia, apesar do tom áspero, mantinha um semblante rígido, difícil de ser lido.

— A polícia já deve estar na nossa cola, mãe! — Gustavo entrou na conversa com a voz esganiçada. Olhava para a mãe como uma criança chorona e ranhenta.

Maria Célia passou a mão pelo rosto do filho em um afago calculado, deslizou as mãos por seus cabelos castanhos e agarrou-os com força, o que o fez estremecer de dor.

—Você agora vai sentar ali na cadeira do canto e vai ficar em silêncio enquanto eu resolvo isso. O que você fez foi muito grave e, apesar de todos os meus esforços, está sendo muito difícil nos livrarmos dessa praga! — Ela aproximou o rosto do de Gustavo, que tentava engolir o choro, deu um beijo em sua testa e, então, outro beijo leve em seus lábios. — Mamãe vai dar um jeito. Eu sempre dou, não dou?

Capítulo 24

Gustavo não me parece bem. Há algo em sua respiração curta, em sua nuca úmida de suor e em suas pupilas dilatadas que me faz pensar que talvez esteja sob o efeito de algum entorpecente. Logo que entro no carro, tenho a estranha sensação de que algo muito ruim está prestes a acontecer.

— Gustavo... Achei que você já estaria a caminho dos Estados Unidos.

Ele apenas dá de ombros e joga a cabeça para trás, tentando um sorriso com o canto da boca. Paramos em um semáforo vermelho; Gustavo, inquieto, esfrega as mãos nas calças para secar o suor.

— Eu não vou pra merda de lugar nenhum, tá bem? Sinto que eu estou totalmente fodido da cabeça. Eles não podem mais fazer isso comigo.

Noto que estamos em um carro popular pouco equipado, sem ar-condicionado.

— Que carro é este, Gustavo?

— Aluguei no aeroporto. Eu vou dar um jeito, tá? Vou tentar falar com o diretor do hospital, não tem razão de ser. Eu não posso ser expulso do programa de residência por causa de uma piranha daquelas. Ela que se insinuou pra mim, você entende? — Os olhos dele estão arregalados como os de um gato no escuro. — Eu tenho tudo pra ser o melhor cirurgião daquele lugar, e uma vagabunda acaba com tudo. Só a mamãe entende de fato o meu lado, mas mesmo assim essa merda toda aconteceu.

Gustavo dá três batidas nas têmporas com as mãos espalmadas. O semáforo fica verde e ele arranca com o carro, fazendo cantar os pneus.

— Para onde estamos indo? Você me buscou porque quer conversar, né? Então vamos conversar.

O ar do carro logo fica abafado, com os vidros engordurados devido à intensa transpiração do meu irmão.

— A real é que eu nem sei por que eu fui te buscar, Amélia. E eu também não sei para onde estamos indo. Eu acho que só preciso dar umas voltas, entende? Eu não estou bem. Eu não aguento mais esse peso que sinto no peito. É como se eles estivessem sempre dentro da minha cabeça. O papai é um baita de um escroto.

É uma imagem surreal ver o meu irmão dessa forma. Não é ele de verdade. Apenas um espectro do rapaz elegante e alinhado que sempre foi.

A verdade é que nunca me senti próxima do meu irmão e nossa relação fraternal sempre foi bastante protocolar e distante. Agora me ocorre que ele também possa compartilhar o mesmo peso que sinto ao carregar a máscara das expectativas que nos foram impostas. Dentro da família, sempre me senti como uma peça que não se encaixava no quebra-cabeça. E, como tal, pensava que era a única sofrendo as consequências da falta de atenção.

Gustavo passa a dirigir pela cidade sem um caminho definido. Passamos pelas principais avenidas, por ruas estreitas e desertas. Vamos em direção a Ecoville, o bairro nobre da cidade, e ele entra em direção ao parque Barigui, o mais importante parque da cidade e ponto de parada de muitos casais sem destino. Contornamos, de carro, toda a extensão do parque, que tem em seu interior um rio represado. A lua ajuda a iluminar o verde, e vemos que muitas das capivaras do parque passeiam tranquilas na beira do asfalto. Depois de dar uma volta inteira, Gustavo para o carro junto a outros veículos ali estacionados, com suas janelas embaçadas e pequenos sacolejares.

Meu telefone toca.

— Você não vai atender? — pergunta Gustavo.

— É o Rafael. A gente terminou.

— Ele terminou com você ou você terminou com ele?

— É complicado.

— Atende logo! Só não fala que você está comigo.

— Rafael, eu não quero conversar agora — falo assim que aceito a ligação.

— Você não pode me tratar assim, Amélia. Não pode — grita ele do outro lado. — Você está sozinha?

— Estou — minto.

— Por que está mentindo pra mim? Onde você está agora? Posso ir até aí para conversarmos?

Gustavo faz um sinal para que eu termine logo a conversa.

— Olha, Rafael, mais tarde a gente conversa.

Eu encerro a ligação, obediente.

Apesar da pouca diferença de idade, meu irmão e eu nunca fomos confidentes, e sempre houve certa estranheza entre nós. Não sei dizer ao certo a razão, mas algo dentro de mim parece me proteger dele. Gustavo sempre foi uma criança de hábitos rigorosos, enorme asseio e obsessivo em relação às suas coisas. Nossos afetos sempre foram cordiais, e, para ser sincera, nunca tive vontade de me aproximar dele. Por muito tempo, acreditei ser pelo ciúme que sentia de toda a atenção que ele recebia dos nossos pais, principalmente da nossa mãe.

Minha mãe sempre o protegeu excessivamente. Ela o tinha por perto a todo instante, fazia com que partilhassem os mesmos hobbies — lembro-me dos dois sentados ao piano por pelo menos uma hora por dia, praticando o instrumento a quatro mãos. Na distribuição de cômodos do apartamento, a escolha deixou os quartos dos meus pais e de Gustavo porta com porta. Da cama do meu irmão era possível ver parte da cama de meus pais. Um dia, quando éramos mais jovens, fui marcada pela cena de Gustavo observando as pernas de minha mãe. Senti algo tão estranho que tratei de evitar dar àquela cena algum significado.

— Acontece que eu estou sentindo uma angústia... e eu não tô dando conta. Parece que tá tudo errado, entende?

— O que está errado, Gustavo?

— Tudo! — Ele bate novamente nas têmporas, seus olhos vermelhos e saltados. — O papai é um grande de um filho da puta. Como pode querer me mandar pra longe desse jeito? E a mamãe não fez nada para impedir! Está tudo fora da linha, tudo está se desorganizando...

— Calma! Está tudo bem. Você tomou alguma coisa?

— E o que você tem com isso? No dia em que eu fui te buscar naquela boate nojenta, você também estava drogada.

— Não entendo por que me chamou até aqui para me agredir.

— Eu preciso que alguém tire isso de mim — fala, enquanto bate na cabeça.

É assustador vê-lo assim, em completo surto, bem na minha frente. Meu irmão... Sempre tão adequado e educado. Futuro cirurgião, cristão, temente a Deus. Parece um maníaco.

— O que exatamente tem dentro de você, Gustavo?

— Algo podre. Nojento. É tudo culpa deles, Amélia. Eles ferraram com a nossa cabeça, não ferraram? — diz Gustavo, escancarando uma risada aflita. — Ou só com a minha? Você conseguiu fazer o que queria. Você não se importa com a família.

— É claro que eu me importo com a família, Gustavo. — Sinto medo dele e considero chamar a polícia. — Mas apenas agora tenho conseguido olhar para a vida de uma forma mais genuína. Se você quer a minha ajuda, precisa se acalmar e me contar o que realmente está acontecendo.

Ele se recosta no banco, inspira profundamente e, por ora, parece se acalmar. Dá partida na ignição e gira a manivela para abrir um pouco o vidro da janela e desembaçá-la.

— Muita coisa acontece naquela casa e você não faz nem ideia.

Meu estômago revira.

— Ao que você se refere? À corrupção do pai? Às exigências da mãe? É óbvio que eu sei que os nossos pais não são as pessoas mais corretas desse mundo, não sou nenhuma alienada. E eu sei que eles podem ter realmente criado feridas muito profundas na gente... Mas nós podemos ser diferentes. Podemos ser pessoas melhores. Vivermos a nossa vida.

—Você não entende mesmo.

Gustavo fita o para-brisa, olhando para o nada.

— Bom, se eu não entendo, então me explique.

— Antes me diz uma coisa: por que que o Rafael encheu sua cara de porrada? O que você fez, hein?

— O que eu fiz? — digo, chocada, por ver que ele fala sério. —Você acha que qualquer coisa que eu possa ter feito justifica ser agredida da forma que eu fui?

— Não sei, às vezes, sim.Vocês são todas umas mentirosas, manipuladoras. Fazem a banca de sexo frágil, precisam de um homem para protegê-las, mas são víboras peçonhentas.

— É muito brutal sua visão das mulheres, Gustavo. A ponto de me deixar sem ter o que dizer. Vamos voltar pra casa, por favor? Eu dirijo.Você não está bem... Sei lá o que você tomou, mas você não está são.

— Fica aí! — grita ele, empurrando meu peito contra o banco com tamanha força que fico sem ar por um segundo. —Você acha que é a excluída da família. Sempre fazendo a melancólica... A revoltada que saiu de casa e deixou nossa família na mão, sabendo que temos um nome para manter.

Ele se reclina novamente para encarar o para-brisa.Tento tirar meu celular da bolsa, com cautela para não o assustar. Penso em ligar para o 190, mas a impressão de que algo vai dar errado nesta noite se transforma em um pânico real — o nervosismo me deixa descuidada, e ele logo percebe minha tentativa, arrancando o aparelho da minha mão.

—Vai ligar pra quem?

— Calma, Gustavo. Eu acho que você precisa de ajuda, você está muito nervoso.

— Porra! Só fica aqui comigo um pouco. É tão difícil assim?

Fico calada, com a sensação de que o carro está cada vez mais apertado. Tudo parece piorar quando Gustavo começa a mexer no meu celular, que ainda estava desbloqueado.

—Vamos ver se eu encontro aqui o motivo do Rafael ter ficado tão irado... Você já deve estar com outro, né?

Não demora muito para que ele encontre minhas conversas com Luana. Lê e relê as mensagens algumas vezes e, por um breve instante, fica mudo. Ele aperta o celular com as mãos suadas, e tenho a impressão de que o aparelho será expelido, como quando apertamos um sabonete com a mão molhada.

Estou paralisada.

—Você é nojenta. Uma porca imunda — esbraveja. — Chega a ser irônico... — Ele ri largamente. — Isso faz de você uma legítima Moura. Uma degenerada.

Ele arremessa o celular no chão do carro, quase acertando meus pés. Começa a chorar em seguida. Leva as mãos ao rosto, cobrindo os olhos, mas seu choro estridente se assemelha aos uivos de um animal.

— Eu não sei por quê, mas me parece que você é a única pessoa que pode me escutar em relação a isso. E eu realmente não tenho certeza disso... Porque acho que, no fundo, ninguém deveria saber... — diz, com a voz anasalada devido ao choro. — Ela me faz mal. Eu sou uma pessoa ruim por causa dela. Ela me destruiu por dentro, você entende? E mesmo assim eu a amo!

—Você está falando da moça do hospital?

— Não, porra!

Tenho a certeza de que ele vai me agredir a qualquer momento.

—Você acha que sofre por ser a excluída da família. Vive se lamuriando pelos cantos. Pois você teve é muita sorte por eles não darem a mínima pra você!

As palavras dele fazem pouquíssimo sentido, mas doem como facadas no peito.

— De mim, tiveram tudo. Tudo! Minha dedicação, minha inocência e meu silêncio. Qualquer resquício de humanidade... Eles tiraram tudo. E eu sou um grande merda.

As palavras de Gustavo desbloqueiam memórias que há muito estavam esquecidas, enterradas em algum recanto de meu inconsciente. De repente, me vejo criança, correndo pelos corredores do apartamento, brincando em silêncio no meu próprio mundo enquanto escuto o som do piano, tocado a quatro mãos por minha mãe e meu irmão. Eles não sabem que estou por perto. Nunca parecem me ver; me sinto como um fantasma assombrando os cômodos. Vejo que minha mãe para de tocar e apenas Gustavo continua. A memória agora é tão clara que posso escutar cada nota de *Bach G minor*. A mão de minha mãe dentro do calção cáqui. Meu grito de espanto. As teclas do piano soando todas juntas, apertadas por mãos que se assustaram. O olhar gélido de minha mãe, que silenciou tudo. Gustavo e eu nos encarando por um momento que parece durar toda a eternidade, e então as notas de Bach novamente. O único momento de cumplicidade que trocamos durante toda a nossa existência.

—Viu? Somos todos uns filhos da puta... Uns degenerados! — Seus olhos me atravessam. — Por que você foi sempre tão distante de mim, Amélia? Eu sou tão ruim assim? Tão ruim que você tem que correr pra cama com uma maldita mulher?

Ele parece estar tendo um surto psicótico. Joga todo o peso do seu corpo sobre mim e procura minha boca. Eu o afasto, completamente repugnada.

Gustavo parece carregar toda a raiva do mundo dentro de si. Demoro para entender o que está acontecendo. É tarde demais. Suas mãos estão entrelaçadas em meu pescoço. Tudo escurece...

E Bach continua tocando.

Capítulo 25

A TR4 voava com a sirene ligada, colada nos carros à sua frente como se pudesse passar por cima deles. Ana dirigia a toda velocidade pela rodovia 277 em direção ao litoral. Pontal do Paraná, era de onde vinha o sinal de GPS que Ariel carregava. Júlio segurava firme na alça do carro enquanto pedia reforços para a central da polícia.

— Não foram tão espertos assim. O deputado tem uma casa de praia em Pontal, e, pelo visto, foi pra lá que eles foram...

Ana permanecia em silêncio, não pronunciava uma só palavra. Estava concentrada em percorrer os mais de cem quilômetros que separavam Curitiba da cidade de interior no menor tempo possível e via cada placa de quilometragem da rodovia como um relógio que contava de forma regressiva o tempo de vida de seu irmão.

— Luís Henrique já está na delegacia sendo interrogado, mas, pelo que o Barreto me contou, o cara está meio em estado de choque. Não encontraram Maria Célia ainda.

Ana assentia sem tirar os olhos da estrada, buzinando para todos os carros que não saíam imediatamente da sua frente.

∽∽∽

Gustavo esfregava as mãos suadas na calça enquanto observava a mãe e o motorista discutirem sobre como e onde desovariam o corpo do fotógrafo. Toda a sua pele ardia como se formigas caminhassem por seu corpo. Levantou-se e passou pelo canto da sala para não ser notado e, consequentemente, irritar a mãe. Foi até a cozinha para tomar um copo de água e sentou-se à mesa em que estavam todos os pertences de Ariel, revistados e retirados pelo guarda-costas da família. A câmera fotográfica com a lente trincada, o cartão de memória quebrado ao meio, um molho de chaves e a carteira de couro, que Gustavo abriu por curiosidade. Encontrou, além de algumas notas, fotos de Ariel ao lado de outro homem. Talvez fossem irmãos. Aquilo o fez se lembrar de Amélia. Depois, a impressão de que os dois homens pudessem ser um casal fez com que o médico retorcesse o rosto com asco, pensando novamente na irmã. Por último, reparou em outro objeto, cuja utilidade desconhecia. Um retângulo totalmente preto, sem impressão de marca. Tinha uma entrada USB e não se parecia com nada além de um HD externo. Apreciou o objeto em todas as suas arestas e se indagou qual seria o conteúdo dos arquivos ali guardados: provável que não passassem de fotos.

Impulsionado por um misto de inquietação e sensação de inutilidade, foi em busca do notebook na sala da casa para conectar o dispositivo e saber um pouco mais sobre a vida do homem do qual eles pretendiam dar cabo nas próximas horas.

Ao passar pela sala, desviou o olhar de sua mãe, que o acompanhava pelo canto do olho. Sentou-se em frente à escrivaninha e conectou o notebook, que pareceu levar uma eternidade para ligar. Procurou nas gavetas da escrivaninha algum cabo com entrada compatível para o dispositivo. Até que encontrou, enovelado entre outros vários cabos que ninguém usava, mas que guardavam em uma mesma gaveta em caso de eventual necessidade. Conectou o dispositivo no computador. Instantaneamente, o dispositivo iniciou um processo de comandos de instalação de um software. Gustavo se aproximou da tela para entender o que acontecia.

Maria Célia e o motorista se sobressaltaram com o grito de Gustavo.

— Esta merda é um rastreador!

∽∽∽

Os policiais não tiveram muita dificuldade para encontrar a mansão do deputado, isolada entre outras casas. Pontal do Paraná era uma cidade pouco habitada, sem asfalto, apenas ruas de calçamento cobertas por muita areia. Nas proximidades da praia, as casas eram consideravelmente afastadas umas das outras. Muitas propriedades se pareciam: gramados enormes com casas assentadas nos centros dos terrenos. A casa de praia de Luís Henrique estava entre as mais afastadas, localizada quase no final da orla. Era cercada por uma vegetação bastante alta, e, apesar de construída de frente para o mar, a distância entre a faixa de areia e a casa somava mais de duzentos metros. O lugar perfeito para se fazer qualquer coisa, longe o suficiente da civilização para não levantar suspeita.

Pararam o carro a quinhentos metros da casa, na rua que dava para os fundos do terreno. Com o binóculo, Júlio identificou o Corcel vermelho que vira no dia em que presenciara a execução de Davi estacionado ao lado da X1 blindada. As janelas da casa estavam todas fechadas pelas cortinas, mas, pela fresta da porta, era possível ver uma luz acesa.

O sol estava prestes a se pôr, e o céu se pintava com cores vermelhas e alaranjadas. O clima era exageradamente úmido, e o barulho constante de grilos e sapos compunha a atmosfera da emboscada que se armava. Júlio torcia para que os reforços chegassem logo. Luís Henrique estava sendo vigiado e era impossível que tivesse ligado para o filho para avisá-lo, o que dava aos policiais a forte convicção de que conseguiriam surpreender os envolvidos. Outra equipe menor buscava Maria Célia, mas não a encontrava em lugar algum.

Júlio achava prudente aguardar mais alguns minutos por alguma movimentação no interior da casa, mas precisou repensar seu plano porque Ana abriu a porta enquanto tirava e recolocava o pente de balas na Glock. Pediu para o companheiro que abrisse o porta-luvas. Júlio encontrou no compartimento, muito bem escondido, outro pente de munição.

Iniciariam a emboscada sozinhos.

Os dois se afastaram do carro com as pistolas empunhadas. Caminharam silenciosos até os fundos do casarão, afastados um do outro por pelo menos cinquenta metros. A vegetação alta fazia com que se sentissem camuflados sob o céu que começava a escurecer. Circundaram toda a casa, Ana pela direita e Júlio pela esquerda, até se encontrarem na varanda da frente. Todas as janelas estavam fechadas por persianas. Aproximaram-se dos carros que não denunciavam nada. Ana contornou novamente toda a casa e andou pela varanda do pórtico, onde encontrou uma fresta na janela de uma cortina que fora fechada às pressas. Por ela, conseguia enxergar a sala principal, e lá estavam eles. Controlou a respiração ao ver Ariel caído no chão, mas sentiu alívio ao ver que ainda estava vivo.

Fez um sinal para Júlio, indicando que deveria ficar atento a seus comandos.

⚭

— Um rastreador! — gritou Gustavo novamente.

O médico jogou o dispositivo no chão e começou a pular em cima do aparelho até esmigalhar sua carcaça. Depois, juntou a placa interna e a quebrou com as mãos.

— Como você traz um negócio desses pra cá, seu imbecil? — vociferou Maria Célia para o motorista.

— E como eu ia saber que merda é essa?

— Filho da puta! — exclamou Gustavo, marchando a passos largos até Ariel, em quem desferiu dois chutes no estômago.

Nem Maria Célia nem o motorista fizeram menção de interromper o ataque de fúria de Gustavo. Seus olhos estavam injetados, e ele parecia ter perdido novamente o controle. Ensaiava desferir um terceiro chute quando olhou para a lareira, que ficava em frente à sala de estar, e teve uma ideia que lhe satisfaria mais. Caminhou em direção ao móvel, do qual retirou um atiçador. Empunhando-o como uma espada, voltou a passos largos até o fotógrafo.

— Nem pense em fazer isso! — disse Maria Célia. — Ele não vai morrer aqui dentro dessa forma. Muita sujeira pra limpar. Você não tem mais medicação para apagar ele?

Maria Célia caminhou em direção à mesa sobre a qual encontrava-se uma seringa e um frasco com um líquido transparente. Aspirou a medicação e a ofereceu para o filho.

O médico vacilou por um instante, mas, consumido pela loucura, não deu ouvidos à mãe. Ergueu o atiçador e mirou na cabeça de Ariel. Foi surpreendido pelo estrondo da porta sendo arrebentada, seguido por um enorme impacto em seu ombro direto, que o derrubou. A queda derrubou o atiçador, e o barulho do metal reverberou. A compreensão do que estava acontecendo só veio depois de ver a poça de sangue que se formava em seu ombro. Havia levado um tiro. Para Gustavo, o tempo se dilatava com a dor dilacerante. Viu a dupla de policiais que invadiu a casa. Virou para o lado. O motorista se levantava e abria o paletó na intenção de sacar sua arma, mas não foi rápido o suficiente, sendo alvejado por três tiros disparados pela delegada que o acertaram na barriga e no peito. O motorista caiu no chão, derrubando sua arma, que foi recolhida por Júlio.

Na fração de tempo em que o duelo entre o guarda-costas e a polícia aconteceu, Maria Célia teve o sangue frio necessário para correr até o corpo de Ariel, estendido no chão da sala. Agachou-se e puxou o corpo do fotógrafo contra o próprio, fazendo-o de escudo. Vasculhou os próprios bolsos em busca de algo que Ana pensou ser uma arma, o que a fez manter distância. Apontava sua pistola para a esposa do deputado, dando voz de comando para que largasse Ariel e colocasse as mãos para cima.

Com a seringa que tinha na mão, Maria Célia espetou o pescoço de Ariel.

— Vocês podem ter certeza de que ele vai morrer se eu colocar tudo isso aqui pra dentro! Abaixa a merda da arma!

Gustavo observava tudo, paralisado, sentindo o cheiro ferroso de seu sangue, que deixava úmida toda a parte do chão onde estava caído. Sentia que a sala girava aos poucos, o que tornava difícil manter o foco no que acontecia. Ouvia os gritos da mãe, mas perdia aos poucos a acuidade da audição. Ana foi a primeira a baixar a arma. Júlio manteve sua pistola empunhada.

—Você sabe que vocês não vão sair daqui, Maria Célia — disse Ana. — Todo o batalhão já foi avisado e logo os reforços chegarão. É o fim da linha.

Ana deu um passo para a frente, e Maria Célia posicionou firme o polegar no êmbolo da seringa.

— Fica longe, porra!

A delegada levantou as mãos em sinal de rendição. Manteve-se imóvel enquanto Ariel respirava com muita dificuldade. Ana entendeu que ele estava sedado havia muito tempo e que precisava levá-lo para o hospital o mais rápido possível.

— O que você pretende, Maria Célia? Nós já descobrimos tudo! O seu marido já está na delegacia. Nós sabemos que vocês foram os responsáveis pela morte da própria filha — blefou Ana, que não tinha imaginado a participação de Maria Célia em todo aquele horror.

— O Luís Henrique não sabe de nada. Nem o Gustavo. Deixem eles fora disso.

— Nós sabemos que foi o Gustavo que matou a Amélia. Temos uma testemunha ocular — interveio Júlio.

A mãe lançou um olhar indescritível para o filho. Algo entre desespero e compaixão, mas que se desfez em uma fração de segundo. Voltou seu foco para a seringa e manteve o semblante imperativo.

—Tira a mão da seringa, Maria Célia! — ordenou Ana.

— Vocês já mataram a Amélia. Mandaram matar o perito. Não querem ter mais um homicídio nas mãos — disse Júlio.

— Para, mãe! Nós vamos dar outro jeito — disse Gustavo, arfando.

Maria Célia tinha os olhos arregalados, como se pudessem sair das órbitas. Parecia ter um milhão de pensamentos ao mesmo tempo.

— Mãe, vamos nos entregar... — disse Gustavo, virando-se de barriga para baixo e erguendo a cabeça para olhar a mãe nos olhos.

— Senta, merda! — gritou Maria Célia. — Eu ainda posso ter o controle da situação.

— Não tem como. Acabou — respondeu o filho, assustado como uma criança de oito anos, rastejando como um caramujo, deixando um rastro de sangue que o levava até a mãe.

Enquanto Ana se mantinha atenta a Maria Célia e Gustavo rastejava pela sala, Júlio aproveitou o momento para contornar a sala até chegar a um ponto do qual podia ver Maria Célia de lado. Estava pronto para puxar o gatilho. Quando o eco das sirenes das viaturas e das ambulâncias preencheu o ambiente, Maria Célia se assustou. Ana recolheu sua arma do chão e a apontou para Gustavo.

— Se você não largar essa merda agora, eu juro que estouro os miolos dele!

A delegada não estava blefando.

Júlio aproveitou a janela que se criou com o confronto entre as duas e se jogou contra a mulher do deputado, derrubando-a e imobilizando-a no chão. Ana correu até Ariel e arrancou o acesso venoso de seu pescoço.

Algum tempo depois, duas ambulâncias e duas viaturas chegaram com os reforços. Gustavo foi levado até a ambulância. Parecia estar em estado de choque.

Ana aproximou-se da maca que levava Ariel. Viu que o irmão piscava e tentava pronunciar alguma frase, mas não conseguia por causa do torpor.

Foi Júlio quem tratou de algemar Maria Célia e levá-la até a viatura. No caminho, disse:

—Vamos ficar um bom tempo na delegacia, tentando extrair algum sentido da atrocidade que vocês fizeram.

— Uma mãe faz qualquer coisa por um filho — disse Maria Célia com uma postura fria.

—Você subornou e matou... — acusou Júlio, indignado.

— Uma mãe faz qualquer coisa por um filho.

Capítulo 26

Ana entregou a cerveja gelada para Júlio, que estava sentado no balanço, levemente entalado e com as pernas dobradas, provando que aquele brinquedo não fora feito para alguém de seu tamanho.

— Eu e o Ariel uma vez disputamos quem conseguia chegar mais alto. Claro que eu ganhei. E, junto com a minha vitória, conquistei quatro pontos na cabeça — disse Ana, sentando-se no balanço ao lado, procurando sua cicatriz no couro cabeludo com a ponta dos dedos.

Os dois brindaram com as garrafas e, por alguns minutos, beberam em silêncio.

— Deve ter sido bom crescer nesta casa.

— Foi muito bom. Morei aqui a minha vida inteira. Foi inclusive neste jardim que eu dei meu primeiro beijo... — Ana faz uma graça encabulada. — Foi com um primo.

— Isso eu não quero saber... — respondeu Júlio, fingindo indiferença.

Ana riu, sentindo-se relaxada como não se sentia havia muito tempo. Ela se inclinou e puxou Júlio pela nuca para beijá-lo.

— Estou feliz, Júlio.

— Deixem para fazer essas coisas quando vocês estiverem sozinhos. Isso aqui é uma casa de família! — Ariel vinha de dentro da casa trazendo linguiça fatiada e espetada em palitos ao lado de um monte de farofa.

— A carne ainda não está pronta? Estou faminta.

— Sabe como o André é... Demora um século para fazer qualquer coisa. Quer provar pro Coronel que sabe fazer o melhor churrasco. Só agora que a picanha está indo pro fogo.

— Que horas é o teu voo mesmo? Eu vou te levar no aeroporto.

— Acho que seria melhor se eu chamasse um táxi. Quero ter certeza de que vou chegar vivo em São Paulo ainda hoje. Meu voo sai às nove da noite.

— Engraçadinho — disse Ana, fazendo careta.

— Espero que você não demore pra voltar para Curitiba, Ariel — disse Júlio.

— Não vai ficar dois anos sem aparecer de novo, seu desnaturado. E eu quero conhecer seu namorado.

— Pode deixar que vou voltar com mais frequência. O Lê também quer te conhecer — disse ele. — Vou voltar lá pra dentro. Peguem mais linguiça, porque essa carne ainda vai demorar pra sair.

Ariel voltou para a cozinha onde dona Annika e Stefan estavam sentados junto com a esposa de André e os dois netos. O clima do churrasco na casa da família Cervinski fazia parecer que o tempo havia retrocedido trinta anos. O dia estava ensolarado, e o gramado, aparado naquela manhã, exalava o perfume verde da grama recém-cortada.

Júlio alcançou a mão de Ana e entrelaçou seus dedos nos dela.

— Será que eu ainda consigo te convencer a desistir?

— Não, Júlio. A decisão está tomada, e eu estou muito satisfeita com ela. Depois de tudo o que aconteceu, eu não conseguiria voltar a trabalhar para a polícia. A partir de agora, vou me concentrar em outras coisas. Cuidar mais da minha saúde e dar mais atenção aos meus pais. Fui convidada para dar aulas na faculdade de Direito e decidi que vou aceitar. Vai ser bom voltar a estudar e estar em contato com pessoas jovens que ainda acreditam que podem mudar alguma coisa neste mundo. Como você... — Ana deu dois goles na cerveja que, de tão longos, fizeram até barulho. — Agora me lembrei de como você é novo e me deprimi.

— Você me acha novo demais pra você, delegada? — provocou Júlio, lançando um sorriso charmoso.

— Acho. Mas eu posso aprender a viver com isso.

"Há exatamente uma semana desde os fatos ocorridos em Pontal do Paraná, a atenção do público se volta para o andamento do julgamento de Maria Célia Moura e Gustavo Moura, cujo desenrolar promete se estender pelos próximos meses. Os acontecimentos têm sido meticulosamente documentados e transmitidos incansavelmente por todos os veículos de imprensa. Enquanto isso, Luís Henrique Moura, uma figura atormentada pelo fantasma do crime cometido por seu filho e sua esposa, vê sua vida transformada em uma perseguição incessante. Repórteres têm infestado a portaria de seu edifício durante toda a semana. Entretanto, o político optou por permanecer recluso dentro de seu apartamento."

— *Gazeta Popular*

"Com o passar do tempo, o caso de Amélia Moura, assassinada pelo próprio irmão, acobertado pela mãe, deixará de ser notícia, mas sem dúvida estará para sempre entre os crimes mais marcantes do nosso país, ao lado do caso Von Richthofen e do caso Nardoni."

— Advogado criminalista em entrevista para
o *Jornal Matutino*

"Filha de pastor homofóbico é assassinada por ser lésbica."

— Manchete do *Jornal Sensacionalíssimo*

"Amélia virou mártir de uma causa que não chegou, de fato, a fazer parte de sua vida. É provável que não tenha sequer passado pela cabeça da jovem professora de literatura fazer parte de um movimento ou levantar bandeiras de causas que agora estampa como uma celebridade. É provável que poucas pessoas tenham se dado conta de que o que matou Amélia vai muito além do fato de ela ter se permitido amar uma mulher. É provável que nem Gustavo saiba o que de fato gerou tamanho ódio ao ver a emancipação da irmã, e é também provável que nem Maria Célia tenha se dado conta do que a fez enterrar a filha muito antes de sua morte."

— Post de um filósofo famoso em sua rede social

"Amélia talvez nunca tenha entendido por que lhe foi negado o direito à liberdade de ser quem ela realmente gostaria de ter sido."

— Anônimo

Impressão e Acabamento:
BARTIRA GRÁFICA